KB270645

The Merchant of Venice

by

William Shakespeare

서문문고
147

베니스의 상인

셰익스피어 지음

김 재 남 옮김

서문문고
147

베니스의 상인

셰익스피어 지음

김 재 남 옮김

The Merchant of Venice

by

William Shakespeare

차 례

해 설

김 재 남

≪베니스의 상인(The Merchant of Venice)≫의 초기 고본(初期稿本)으로는, 1600년에 출판된 제1사절판과 출판일자가 역시 1600년인 제2사절판, 그리고 1623년의 제1이절판, 이상 3종이 있다. 이 중 제1사절판은 연출자가 손질한 자필원고에서 인쇄된 것이며, 제2사절판은 1619년에 비합법적인 방법으로 제1사절판을 복사한 것에 불과한 것이며, 제1이절판은 앞서 두 판을 다 토대로 하여 편집된 것이다. 그러니까 위 3종의 초기 고본 중에서 제1사절판만이 실질적 고본이라 하겠다.

작품의 제작 연대에 관해서는 아직도 정설을 보지 못하고 있으나, 출판협회에 등록된 것이 1598년이며, 역시 동년에 출판된 미어즈의 ≪지식의 보고≫에도 이 작품이 언급되어 있는 것으로 보아, 이 작품은 1598년 이전에 제작된 것이 확실하다. 그러나 이 연대보다는 더 이전에 제작되었을 것이며, 또한 제작 동기가 당시 엘리자베스 여왕의 전의(典醫)였던 유태인 로페즈가 대역죄의 혐의를 받고 사형을 당한 반유태인 사건이 있었다고 친다면, 그 처형이 1594년이니까 이 작품은 1594년 이후에 집필된 것이라 하겠다. 그러니까 전후 사정으로 미루어 보아, 1595년경에 집필하기 시작하여 1596년경에 오늘과 같은 형태로 완성된 것이라고 보는 것이 가장 타당한 듯하다.

그렇다면 이 작품은 ≪로미오와 줄리엣≫이나 초기 희극 ≪사랑의 헛수고≫ ≪베로나의 두 신사≫ 등 보다는 다소 후기에 속하며, 따라서 위 초기 작품들이 너무 호화판이어서 때로는 경박한 느낌마저 주는 데 비하여, 이 희극은 심리상으로나 기교면에서 착실한 성장을 보여 주고 있으며, 이러한 의미에서 본다면 ≪뜻대로 하세요≫와 함께 원숙기 희극의 대표작이라 하겠다.

이야기나 소재의 출처는 이탈리아이며, 구성으로 보아 이 희극은 인육재판(人肉裁判), 궤 고르기, 반지 사건, 이 세 가지 요소로 성립되어 있다. 이와 같은 착상은 14세기 중엽 무렵부터 16세기에 걸쳐 이탈리아의 여러 산문집에 산재해 있으며, 그 중 어떤 것들은 번역되어 영국에도 소개되어 있었다. 이와 같은 세 가지 요소를 하나의 희극 안에 결합시킨 것이 ≪베니스의 상인≫인데,

이미 셰익스피어 이전에 다른 작가에 의하여 이와 비슷한 각본이 있었던 듯하다. 셰익스피어는 원각본에다 철저히 수정을 가하여 골자의 세 가지 요소를 유기적으로 결합시키고, 이야기의 줄거리에만 치중한 엉성한 원각본을 인간적 성격 희극으로 개조한 것이라 하겠다.

이 작품은 《한여름밤의 꿈》 《뜻대로 하세요》 등과 같이 셰익스피어 희극 중에서, 낭만희극의 장르에 속하는 것이다. 낭만희극이라 하는 것은, 지적·사실적인 풍자희극(諷刺喜劇)에 비하여, 전편 중에 감미로운 감정의 율동적인 기복을 가지고 음악적인 효과를 의도하는 희극을 말한다.

물론 간간이 사실적인 묘사나 가벼운 풍자도 섞일 수 있지만, 그것은 낭만희극 자체의 의도는 아니다. 그러니까 이 작품도 유명한 재판 장면만이 결코 전체의 의도는 아니라 하겠으며, 어디까지나 율동적으로 흐르는 음악적인 전체 효과가 이 작품의 지배적 분위기라 하겠다.

제1막을 보더라도, 1장에서는 앞으로 있을 사랑의 모험을 암시하는 일상적인 평범한 대화로 개막하여, 2장에 이르러서 포오셔와 네리사의 재기발랄하고도 경쾌한 대화로 돌변하며, 3장에 들어와서는 별안간 무슨 불길한 운명이라도 예고하는 듯이 샤일록이 등장한다.

　제2막과 3막에서도 마찬가지로 실로 교묘한 감정의 율동 아래 극은 전개되어 간다.

　제4막의 재판 장면에서 샤일록의 패배당한 모습에서는 거의 비극적인 감정에까지 도달하나, 반지 사건으로 긴장은 다시 풀린다.

　제5막에서는, 셰익스피어 전 작품을 통해서 가장 서정적이며 가장 낭만적이라 할 달밤의 장면으로서 전편의 수습을 보는 율동의 쾌감, 이런 것이 곧 낭만희극이 의도하는 것이라 하겠다.

　전체적 효과도 효과이거니와, 셰익스피어가 창조해 낸 인물들의 성격 또한 이 작품을 성공시킨 큰 원인이라 하겠다. 이 극의 명목상의 주인공인 안토니오와 그 주위의 여러 인물들은 거의가 다 전형적인 극의 인물에 지나지 않지만, 포오셔와 샤일록은 셰익스피어의 영필(靈筆)로 말미암아 실로 그 성격이 극 전편을 통하여 생생하게 약동하고 있다. 포오셔는 르네상스 시대의 이상적인 여성이라고나 할까, 아름답고 총명하며, 활발하고 교양있는 여성일 뿐 아니라, 순진하고 귀여운 처녀이다. 포오셔야말로 셰익스피어 극의 전 여성들 중에서 가장 훌륭한 여성이 아닐까.

　그러나 셰익스피어가 지금까지 이룩해 보지 못한 높

은 수준에 도달한 것은 샤일록의 성격 창조에서이다. 셰익스피어의 샤일록은 그의 선배 말로가 ≪몰타 섬의 유태인≫에서 그린 바와 같은 괴물 유태인이 아니라, 생명이 약동하는 인물이다.

셰익스피어 시대의 관중들은, 그 당시의 반유태인 감정으로 인해, 샤일록을 단지 기괴한 희극 인물로서 조소적으로밖에 보지 않았던 모양이고, 19세기 무렵부터는 거의 비극적 인물로서 근대적 해석이 내려지기 시작했다. 샤일록이 비극적 인물로서는 너무나 약할 뿐 아니라, 셰익스피어 또한 상업 의식에서 당시 관객의 감정을 고려하여 표면상으로는 기괴한 희극 인물로 그렸는지도 모르나, 낭만희극 중에 음산한 비극적 인물임에는 틀림없을 것이요, 작가의 놀라운 인간 통찰은 이 유태인 속에 영원한 인간적 성격을 부여하고 있다 하겠다.

제2사절판의 표제에는 이 희극이, 셰익스피어 극단에 의하여 여러 차례 공연되었다고 되어 있으며, 또 기록상으로는 1605년 2회에 걸쳐 궁정에서 공연했다고 되어 있다.

물론 최초의 공연 연대는 알 수 없다. 이 희극의 공연에 있어서는 샤일록의 성격 해석의 변천이 매우 흥미있다. 왕정복고로 말미암아 극장이 다시 개관된 후로도 한참 소식이 없다가, 18세기 초에 샤일록은 어릿광대로 해석되어 분장되던 것이 그 중엽에는 잔인한 악한으로 연출되어 성공하자 이 전통은 한참 동안 계속됐다.

1814년에 에이몬드 킨은 샤일록을 열정적인 인물로서, 그것도 냉담하게가 아니라 동정적으로 분장했으며, 이 해석을 이어받은 어빙은 샤일록을 수난 민족의 대표자로서 빅토리아 시대 인도주의의 독특한 새 해석을 했다. 그러나 이후 그러한 해석은 시들해지고 차차 셰익스피어의 원 의도에로 회복되어 온 듯하다.

(이 번역의 대본으로는 도버 윌슨이 편찬한 뉴 셰익스피어(1953년판)를 사용했다.)

베니스의 상인

전 5 막

▨ 장소와 등장 인물

장 소
베니스, 그리고 벨몬트의 포오셔의 집

등장 인물
베니스의 공작

모로코 왕
애러곤 왕 } 포오셔의 구혼자

안토니오   베니스의 상인

바사니오   안토니오의 친구, 포오셔의 구혼자

그레시아노
솔라니오 } 안토니오와 바사니오의 친구
살레리오

로렌소   제시커의 애인

샤일록   유태인

튜우벨   유태인, 샤일록의 친구

란슬로트 고보   어릿광대, 샤일록의 친구

고보 노인   란슬로트의 부친

레오나르도   바사니오의 하인

밸더어자
스테파노 } 포오셔의 하인

포오셔   벨몬트의 처녀

네리사   포오셔의 시녀

제시커   샤일록의 딸

그 밖에 베니스의 고관들, 재판소의 직원들, 간수, 하인들, 시종들

제 1 막

제 1 장

베니스의 부두.
안토니오, 살레리오, 솔라니오 이야기를 하면서 등장.

안토니오 아! 왜 마음이 이렇게 우울할까. 답답해 죽겠
어. 당신도 답답하시다지? 그런데 대체 이 답답증
은 어떻게 어디서 걸린 것인지, 또 어떻게 만나게
된 것인지, 그리고 대체 이 병은 뭘로 되고 어디서
튀어나온 것인지 도무지 알 수가 있어야지. 어찌나
답답한지 난 내 자신을 가누지 못할 지경이구려.

살레리오 당신의 마음은 바다에서 뒹굴고 있거든요. 글
쎄, 당신의 상선들이 돛에 바람을 맞아—바다의 대
감이나 부호같이, 아니 바다의 꽃수레처럼—굽실대
고 황공해 하는 작은 배들을 본체만체, 날개 같은
돛을 달고 쏜살같이 날아가고 있으니 말입니다.

솔라니오 하여튼 나 같은 사람이 그런 모험을 한다치
면, 마음의 대부분은 바다 위에 떠 있을 거야. 풀잎
을 뽑아서는 바람결을 알아보고, 부두나 정박소를
찾느라고 지도와 씨름을 할 거야. 그리고 선박에
조금이라도 걱정이 될 만한 일이 생겨도 마음이 우

울해지고 말지.

살레리오 나 같은 놈은 훅훅 불어서 국을 식히는 입바
람만 불어도 학질에 걸리고 말 거야. 바다에 큰 바
람이 일지나 않을까 걱정하다가 끝에 말이오. 그리
고 모래 시계에서 모래가 흘러내리는 것만 봐도 여
울이나 갯바닥을 연상하고, 상품을 만재한 나의 앤
드루 호(號)가 모래에 박혀 돛대 꼭대기는 늑재(肋
材)보다 더 낮게 쓰러져서 무덤에 키스하는 장면을
상상할 거야……. 또 교회에 가서 그 성스러운 석
조 회당만 봐도 당장에 험한 암석이 눈앞에 선하
고, 이 암석이 옆구리에 닿기만 해도 향료랑은 온
통 바다에 헤쳐질 것이고, 파도는 비단옷으로 장식
될 것이 아니오. 글쎄 지금까지만 해도 이만저만한
재산이 순식간에 무일푼이 되는 그런 광경이 상상
되지 않소? 이만한 생각쯤은 미치는 나니까, 그런
경우에 실망할 것쯤 모를 내가 아니잖겠소? 허나
얘기 안하셔도 알겠소……. 안토니오 씨, 당신이 무
역품을 걱정해서 우울하다는 것쯤은 나도 알 수 있
으니까요.

안토니오 실은 그게 아니오……다행히도 내 투자는 배
한 척이나 한 장소에 맡겨 있는 것도 아니고, 전 재

산이 금년 한 해의 운수에만 달려 있는 것도 아니
오. 그러니까 나는 장사 때문에 우울한 건 아니오.

솔라니오　그럼 연애를 하고 계시는가 보군요.

안토니오　원 천만에!

솔라니오　연애도 아니라고요? 옳지, 그럼 즐겁지 않으
시니까 답답한 거라고 해둘까요. 말하자면 웃고 뛰
고 슬프지 않으니까, 즐겁다고 할 수 있는 거나 같
잖겠습니까. 그건 그렇고, 쌍두(雙頭)의 야누스 신
(神)에 두고까지 맹세하지 않더라도 정말 조물주는
묘한 인간들을 만들어 놓았지요. 글쎄, 밤낮 가느다
란 눈을 하고 있다가도 우습지도 않은 자루피리 소
리만 들어도 앵무새같이 깔깔대는 자가 있는가 하
면, 어떤 자는 항상 이맛살을 찌푸리고서, 저 현명한
네스토르가 우습다고 보증하는 농담에조차도 이를
드러내 웃는 시늉을 하려고도 않는단 말이오…….

바사니오, 로렌소, 그레시아노 등장

솔라니오　당신의 가장 귀한 친척인 바사니오 씨가 오
는구려. 그리고 그레시아노와 로렌소도 같이……
마침 좋은 친구들이 왔습니다. 그럼 우리는 이만
실례하겠소.

살레리오   나도 좀더 같이 있다가 당신의 마음을 위로
　　　　　해 드렸으면 싶지만, 마침 더 훌륭한 친구분들이
　　　　　왔으니까 이만 실례하겠소.

안토니오   당신네들도 내게는 대단히 훌륭한 친구들이
　　　　　오. 그런데 아마 볼일들이 있으니 그 핑계로 가시
　　　　　겠다는 것이죠?

바사니오   (다가오면서) 여보게들, 언제 같이 만나서 웃어
　　　　　볼까요? 자, 언제쯤이나? 몹시 서먹서먹들한데, 정
　　　　　말 그러시기오?

살레리오   요다음에 틈을 타서 찾아뵙지요.

　　　　　살레리오와 솔라니오 절을 하고 퇴장.

로렌소   바사니오 씨, 이제 안토니오 씰 만나셨으니까,
　　　　　저희들 두 사람은 이만 가보겠습니다. 하지만 점심
　　　　　땐 약속한 장소를 잊지 마십시오.

바사니오   염려 말게.

그레시아노   안토니오 씨, 안색이 좋지 않으시군요. 세
　　　　　상사를 너무 염려하시는가 보죠? 지나치게 심뇌하
　　　　　여 손에 넣어 봤자 결국은 손해입니다. 하지만 원,
　　　　　어디 이렇게 변하실 줄이야.

안토니오   여보게 그레시아노, 나는 세상사를 그저 세상

사로밖에 보지 않네. 말하자면 사람들이 그 위에서 연극을 하는 하나의 무대라고나 할까. 그런데 내가 하는 역할은 슬픈 역할이란 말이야.

그레시아노 그렇다면 전 광대역이나 맡아서, 즐겁게 웃고 주름살이나 잔뜩 생기게 하겠습니다. 그리고 상심하여 심장을 식히느니보다는 차라리 술이라도 마셔서 간을 뜨겁게 하겠습니다. 따뜻한 피가 흐르고 있는 인간이 대리석을 깎아 만든 할아범처럼 가만히 앉아서 눈을 뜨고도 졸고 있고 심술로 해서 황달병에 걸리고 할 필요는 없으니까요. 그런데 안토니오 씨…… 난 당신을 좋아하오. 좋아하니까 이런 말도 합니다만…… 세상에는 묘한 사람도 다 있습니다. 물이 괸 연못같이 얼굴에 막을 쓰고선, 지혜롭다느니 신중하다느니 사려 깊다느니 하는 세상의 평을 받고 싶어서 일부러 침묵을 지키고, '나는 예언자다, 내가 입을 열 때는 개도 못 짖게 하라'고 말할 족속든 말입니다. 오, 안토니오 씨, 난 그런 작자들을 알고 있습니다만, 말을 전혀 않는 걸 가지고 현명한 사람 취급을 받고 있습니다. 그러니 그것들이 입을 열면 곁에서 듣고 있던 사람은 그 바보 같은 소리에 귀를 틀어막을 수밖에요. 아니,

이런 얘긴 나중에 더 자세히 하겠습니다. 그러나 이 우울증의 미끼를 가지고 세상의 평이라는 멍청한 잉어새끼를 낚지는 마시오…… 여보게 로렌소, 우린 이만 실례하세. 그리고 내 설교는 점심 후에나 끝맺기로 하지.

로렌소 그럼 뒤에 다시 뵙겠습니다. 저는 방금 말한 그 벙어리 군자나 될 수밖에요. 이 그레시아노군이 어디 말할 기회를 줘야죠.

그레시아노 나와 이 년만 더 사귀어 보게. 자네는 자신의 혀에서 나오는 말조차 잊고 말 테니까.

안토니오 잘들 가게. 이젠 나도 좀 수다스러워져 봐야겠는걸.

그레시아노 아, 고맙습니다. 침묵이 칭찬받는 건 암소의 마른 혀나 안 팔린 노처녀 밖에 없으니까요.

그레시아노와 로렌소, 같이 팔짱을 끼고 웃으면서 퇴장.

안토니오 그런 걸 다 말이라고 지껄이다니!

바사니오 그레시아노는 무던히 허풍을 떠는구먼. 이 점에선 베니스 천지에서 가장 으뜸갈 거야. 그자 얘기 가운데 도리에 맞는 말은 왕겨 두 말의 껍질 속에 섞여 있는 두 개의 밀알처럼, 온종일 수고해야

만 찾아볼 수 있을까. 하긴 그렇게 찾아내 봤자, 실
은 그만한 가치도 없는 것이지만.

안토니오 그건 그렇고, 자 애기해 보게. 자네가 남몰래
찾아가 보겠다던 그 처녀 말이야. 오늘은 애기하겠
다고 나하고 약속했잖나?

바사니오 여보게, 자네도 모르는 바는 아니지만, 난 미
약한 내 재력으로는 도저히 지탱하지 못할 정도로
호화스런 생활을 해와서 내 재산을 거의 탕진하고
말았어. 지금 그런 호화스런 생활과 작별하고 싶지
않아서 그런 것이 아니라, 내 큰 걱정은 어떻게 해
서든지 그 큰 빚을 청산하자는 것일세. 좀 지나친
낭비생활 때문에 짊어진 빚 말이야. 여보게 안토니
오, 금전으로 보나 우정으로 보나 난 자네 신세를
많이 졌어. 그래 지금 난 자네 우정을 믿고 내 계획
과 의도를 죄다 털어놓겠네. 내가 진 빚을 청산할
방법 말이야.

안토니오 여보게 바사니오, 어서 애기해 보게. 체면에
관한 일만 아니라면, 자네가 그럴 리야 없으리라고
생각하네만, 아무튼 내 지갑이고 내 육체고 내 힘
으로 할 수 있는 것은 죄다 자네 편의를 위해서 제
공하겠네.

바사니오 학교 시절 얘기지만, 화살을 하나 잃으면 난 화살을 찾기 위해 다른 화살을 같은 높이와 같은 방향으로 좀더 신중히 겨냥을 하고 쏜 일이 있네. 이렇게 둘을 다 모험한 끝에 둘을 다 찾은 일도 한두 번이 아니었어. 이렇게 아이 때 경험을 얘기하는 이유는—이제 내가 얘기하려는 것도 순전히 유치한 내용이네만, 자네한테 진 빚도 많은데 고얀 말 같지만 그 빚은 떼인 셈치게. 그러나 하나만 더 첫번과 같은 방향으로 화살을 쏘아 준다면, 과녁은 내가 잘 눈여겨 둘 것이니까, 틀림없이 둘 다 찾게 되든가, 적어도 나중 것만은 찾아와서 다행히도 처음 것에 대한 채무밖에 남지 않게 될 것 아닌가.

안토니오 자넨 날 잘 알잖나? 그러면서 내 우정을 먼발치로 떠보는 건 시간 낭비네. 첫째, 내가 자네를 위하여 최선을 다해 줄 것인지를 의심하다니, 이건 자네가 내 재산을 죄다 탕진해 버리는 것보다 더한 모욕이네. 그러니 내 힘으로 할 수 있는 일이라면 하라고 말만 해주게. 난 기꺼이 하겠네. 자 말해 보게.

바사니오 다른 게 아니라 벨몬트에 굉장한 유산을 물려받은 여자가 있는데, 용모도 용모지만 그보다도 그 인품이 비상하고 고결한 여자라네—난 그녀의 눈에서 무언의 정다운 말을 받곤 했지만…… 포오셔라는 이름인데, 카토의 딸이며 브루투스의 아내였던 저 유명한 로마의 포오셔에 비하여 조금도 손색이 없을 뿐더러—얌전하다는 소문이 하도 세상에 널리 퍼져서 동서남북 할 것 없이 각지의 해안으로부터 유명한 구혼자들이 밀려들고 있다네. 그녀의 빛나는 머리다발은 황금의 양털같이 이마에 늘어져 있는데, 이 때문에 그녀가 살고 있는 벨몬트에는 옛날 이야기에 제이슨이 찾아갔다는 콜코스 해안과 마찬가지로 수많은 구혼자들이 그녀를 찾아들고 있다네. 그런데 여보게 안토니오, 그 사람들과 경쟁할 만한 재력만 있다면, 내 예감이네만 난 반드시 성공하여 행운을 누릴 수 있을 것만 같네.

안토니오 그러나 알다시피 내 전 재산은 해상에 있거든. 수중에 현금도 없고 상품도 없으니까, 자, 돈을 빌리러 가보세. 베니스 시내에서 내 신용을 남보로 빌려 보세. 무리를 해서라도 최선을 다해 보세. 벨몬트의 아름다운 포오셔를 찾아갈 여비쯤은 어떻게 되겠지. 자 어서 돈을 얻을 만한 곳을 알아보게, 나도 알아보겠네. 내 신용으로나 또는 친분으로나 그만한 돈쯤은 얻을 수 있을 거네.

모두 퇴장.

제 2 장

벨몬트. 포오셔의 집 홀.
무대 뒤쪽에 복도가 있고, 그 밑에는 우묵한 작은 방으로 통하는
입구가 있으며, 이 작은 방은 커튼으로 가리워져 있다. 포오셔와
시녀 네리사 등장.

포오셔 네리사야, 조그만 이 몸뚱어리는 크나큰 이 세
상이 정말로 싫어졌다.

네리사 참 아가씨도, 아가씨의 행복만큼 불행도 그렇게
많으시다면 그럴지도 모르죠. 하지만 사람은 너무
나 행복에 겨우면 가난에 쪼들릴 때나 마찬가지로
괴롭다나요. 그러니까 중간쯤의 처지도 흔한 행복
이 아니예요……. 너무 팔자가 좋으면 머리가 쉬
세지만, 적당히 살면 장수한다잖아요.

포오셔 옳은 이치다. 게다가 말도 잘하는구나.

네리사 잘 지키면 더욱 좋을 거예요.

포오셔 누가 아니래. 선행을 하기가 선행을 알기처럼
쉽다면야, 조그마한 예배당도 대 교회당과 같을 것
이고, 오두막집도 대궐이나 다름없을 것 아니냐. 중
이 뒤에서 호박씨 깐다잖니. 나만 하더라도 이십

명에게 선행을 하라고 가르치기는 쉽겠지만, 그런 교훈을 실천하라면 손들 거야……. 머릿속에서는 아무리 감정을 억제하는 법칙을 세워 봐도 혈기는 그런 차디찬 명령쯤 뛰어넘어 버리잖니. 청춘은 미친 토끼 같다 할까, 절름발이 같은 이성의 그물쯤은 뛰어넘고 마는걸. 하지만 이런 이치를 따져 봤자 남편이 골라지는 것도 아니고. 아, 원수 같은 이 고른다는 말. 맘에 드는 사람을 택하지도 못하고, 싫은 사람을 퇴짜놓지도 못하는 내 신세 좀 봐. 살아 있는 딸의 의사가 죽은 아버지의 유언에 이렇게까지 제한을 받아야 하다니. 애, 네리사야, 선택도 거절도 자유롭게 하지 못하다니 좀 가혹하잖니?

네리사 아버님은 참 훌륭한 분이셨어요. 성인은 운명하실 땐 영특한 생각이 떠오른다잖아요. 그러니까 아버님께서 금과 은과 납의 세 개의 궤 속에 제비를 넣어 놓으시고 그 어른의 뜻을 뽑는 사람이라야 아가씨를 뽑는 것으로 계획해 놓으셨지만, 진정으로 아가씨를 사랑하는 분이라야만 그 제비를 뽑을 수 있을 거예요. 그건 그렇고 지금까지 찾아온 옛 왕후(王侯) 귀족의 청혼자들 중에 혹시 마음에 드는 분이라도 있으신지?

포오셔 그럼, 수고스럽지만 한분 한분 이름을 대봐라. 이름을 대면 내가 인품을 말할 테니, 그 말로 내 마음속을 짐작해도 좋다.

네리사 첫째, 나폴리 왕이 있습니다.

포오셔 아, 그분은 망아지나 다름없어. 그래서 그런지 밤낮 자기 말[馬] 얘기만 하더구나. 그리고 손수 말에다 편자를 신길 수 있다는 것을 굉장히 자랑삼더구나. 그분 어머니가 대장장이와 뭐가 있었는지도 모르지.

네리사 다음엔 팰러타인 백작입니다.

포오셔 그 인상을 찌푸리는 것밖에 모르고, 마치 '내가 싫거든 맘대로 하라!'는 것 같잖아? 그리고 재미있는 얘기를 들어도 웃지를 않는데, 아마 그런 분이 늙으면 비관철학자가 되잖을까. 글쎄, 젊은이가 어디 그렇게 청승살이 꽉 차 있어서야……. 그런 이들과 결혼하느니 차라리 뼈다귀를 물고 있는 해골하고 결혼하겠어. 그런 직자들은 정말 꼴도 보기 싫구나.

네리사 그럼 프랑스 귀족 르 봉 씬 어떠세요?

포오셔 그분도 신이 만들었으니까 사람 대접은 해줘야잖겠니. 남의 흉을 보는 것이 죄되는 것쯤은 나도 알고 있지만, 그인 참 기가 막힐 정도야. 글쎄, 말에 관해선 나폴리 왕을 뺨칠 정도요, 찌푸리는 버릇으로 말하자면 팰러타인 백작보다 한 술 더 뜨는 걸……. 개성이 없는 소인이랄까…… 지빠귀가 울면 단박 깡충대고…… 제 그림자하고도 싸움을 할 거야. 그런 수다쟁이와 결혼하다간 수십 명의 남편을 얻으나 마찬가지가 되겠잖니. 그이가 날 미워하더라도, 난 용서해 주겠다. 미칠 듯이 사랑해 오더라도 난 조금도 마음이 없으니 말이다.

네리사　그럼 영국의 젊은 폴컨브리지 남작은 어떠세요?

포오셔　그이와는 어디 말이 통해야지. 그쪽에선 내 말을 못 알아듣고, 난 그쪽 말을 못 알아들으니 말이다. 그이와는 라틴 말도 프랑스 말도 또 이탈리아 말도 통하지 않고, 난 또 영어라곤 네가 증인을 서도 좋지만 한 마디도 모르잖니……. 그림 같은 미남이긴 하더라만, 아, 벙어리 영국쟁이하고야 어디 말이 통해야지? 그의 옷차림은 참 가관이더라! 암만해도 조끼는 이탈리아에서, 홀태바지는 프랑스에서, 모자는 독일에서, 그리고 예의범절은 세계 도처에서 각각 따로 사들인 모양이야.

네리사　그 이웃나라에서 오신 스코틀랜드의 귀족은 어떻게 생각하세요?

포오셔 그인 이웃간의 인심이 대단하더군. 글쎄, 저 영
국인한테 외상 따귀를 한 대 얻어맞자, 형편이 피면
기어이 갚겠다는 거야. 그런데 이 일은 저 프랑스
양반이 그분의 보증을 서고 도장을 찍은 모양이야.

네리사 그럼 색스니 공작의 조카되시는 저 젊은 독일
인은?

포오셔 그인 아침에 멀쩡할 때도 고약하지만, 저녁때
술이 취하면 이만저만 고약하지가 않더구나. 가장
좋은 때도 인간 이하고, 가장 나쁜 땐 짐승이나 별
차이 없더구나. 그러니 난 최악의 경우가 오더라도
그이 신세는 지지 않도록 해야겠다.

네리사 하지만 만약에 그분이 궤를 고르겠다고 대들어
서 바른 궤를 골라내는 경우에, 아가씨가 거절하시
면 그건 아버님의 유언을 거역하는 것이 되지 않을
까요?

포오셔 그러니 그런 일이 없도록 제발 틀린 궤 위에
라인 산(産) 포도주를 가득 따른 술잔을 갖다 놓아
요. 그렇게 해놓으면 그 궤 속에 악마가 들어 있더
라도 곁에 술이라는 유혹이 있으니까, 그 궤를 고
르고 말겠지. 애, 네리사야, 난 무슨 짓을 해서라도

그까짓 술꾼하곤 결혼하지 않겠어.

네리사 염려 마세요 아가씨, 그분네들 누구와도 결혼은 않게 될 테니까요. 그분네들이 결심을 제게 얘기하기를, 다들 고국으로 돌아가고, 다신 청혼 문제로 아가씰 괴롭게 하진 않겠다고 했으니까요. 그야 궤를 고르라는 아버지의 유언 이외의 딴 방법으로 결혼할 수 있다면 얘기가 다르지만요.

포오셔 난 시빌러(무녀(巫女)의 이름)같이 오래오래 산다 할지라도, 아버지 유언대로 결혼을 못한다면, 월신(月神)같이 독신으로 살다 죽을 테다. 아무튼 그분네 구혼자들이 그렇게 체면을 차려 주니 고맙구나. 그중에 떠나 주지 않길 바라는 사람은 한 사람도 없으니 말이다. 제발 하느님 덕분에 편히들 가시기만 바랄 뿐이다.

네리사 아가씨, 혹시 기억하세요? 아버님 생존시에 몽페이라아 후작과 같이 오신 베니스 사람으로 문무를 겸하신 분을.

포오셔 음, 바사니오 씨 말이지? 아마 그런 이름이었지?

네리사 네, 그래요. 멍청한 이 눈으로 뵌 여러분 중에는 그분이야말로 아름다운 아내를 맞을 만한 분 같아요.

포오셔 나도 잘 기억하고 있어. 그리고 네 칭찬마따나
　　　　홀륭한 분이신 것 같더구나.

하인 등장.

포오셔 왜 그러지…… 무슨 소식이냐?

하 인 네 분 손님이 아가씰 뵙고 떠나시겠답니다. 그리
　　　　고 새 손님 모로코 왕의 사신이 도착했는데, 왕께
　　　　서 오늘 밤 이곳에 도착하신답니다.

포오셔 네 분 손님을 보내는 기쁜 맘으로 다섯째 분을
　　　　맞을 수 있다면야 오죽이나 반갑겠니. 하지만 만약
　　　　그분의 맘이 성자 같을지라도 얼굴이 귀신 같을 바
　　　　에야, 차라리 내 죄를 고백받을 신부나 되고, 날 얻
　　　　을 생각은 마시라지. 그럼 네리사, 넌 먼저 들어가
　　　　라. 청혼자 한 분을 보내고 나니 또 다른 분이 찾아
　　　　오는구나.

모두 퇴장.

제 3 장

베니스의 거리. 샤일록의 집 앞.
바사니오와 샤일록 등장.

샤일록 삼천 더커트라, 음.

바사니오 예, 그것을 석 달만 좀.

샤일록 석 달이라, 음.

바사니오 아까도 말했지만, 보증은 안토니오가 서니까
요.

샤일록 보증은 안토니오가…….

바사니오 좀 도와주시겠소? 청을 좀 들어 주시겠소?
가부를 말씀해 주시오.

샤일록 삼천 더커트를 석 달 동안이라……. 그리고 보
증은 안토니오가.

바사니오 가부를 말씀해 주시라니까요.

샤일록 안토니오는 좋은 분이오.

바사니오 아니, 좋지 못하다는 평이라도 들으셨단 말이
오?

샤일록 원 천만에요, 천만에…… 내가 그 사람을 좋은
분이라고 한 것은, 그 사람 같으면 재력이 충분하

다는 뜻이외다. 하지만 그분 재산은 확실치가 않소. 그분의 상선 한 척은 트리폴리로, 다른 한 척은 인디아로 가는 중이라는데—그리고 이밖에도 거래소에서 듣자니 세번째 배는 멕시코로, 네번째 배는 잉글랜드로 나가 있고, 그 사람의 다른 자본들도 세계 각지에 흩어져 있다더군요. 그런데 배라는 건 나무판자에 불과하고, 선원이란 것도 보통 사람에 불과하잖소. 게다가 땅쥐에다가 물쥐, 땅도둑에다 물도둑—해적 말입니다만…… 이런 것들이 있는가 하면 풍우와 암초의 위험까지 있잖습니까. 그건 그렇더라도 그 사람 같으면 재력이 충분하지요. 삼천 더커트라…… 그 사람의 보증을 받아 볼까요.

바사니오 그건 염려 마십시오.

샤일록 그럼 염려 않기로 하죠. 꼭 그렇게 하자면 좀 생각해 봐야겠소……. 안토니오와 만나서 얘길 좀 했으면 싶은데요.

바사니오 좋으시다면 저희들과 같이 식사나 나눕시다.

샤일록 음, 돼지고기 냄새를 맡으란 말이죠. 저 나사렛의 예언자가 요술을 써서 마귀를 돼지 뱃속에 몰아 넣었다는 그 마귀의 집을 먹으란 말이죠……. 당신네들과 거래도 하고, 같이 산보도 하고, 같이 이야

기도 하고, 이밖에 다른 일도 하겠소만, 식사나 술
은 못하겠소. 거래소에 무슨 소식이라도 있었던가
요? 누구요. 저기 오는 분이?

안토니오 등장.

바사니오 안토니오구먼. (안토니오를 한쪽으로 데리고 간다.)

샤일록 (방백) 어쩌면 저렇게도 신(神)에게 아첨하는 세
금쟁이 같은 낯바닥을 하고 있을까! 저놈이 예수쟁
이기 때문에 밉단 말이야. 그뿐인가, 비열하게도 굽
실거리며 무이자로 돈을 대부하곤, 베니스의 우리
대금업자 사이에 이자를 떨어뜨리기 때문에 더욱
미워 죽겠어. 나한테 약점을 한 번만 잡혀 봐라, 쌓
이고 쌓인 원한을 톡톡히 갚고 말 테다. 저 녀석은
우리네 선민(選民)을 증오하고 상인들이 운집한 곳
에서도 나를, 내 장사를 비난하거든. 그리고 정당하
게 모은 내 재산을 비난하거든. 저런 놈을 내버려
두면 우리네 민족이 저주를 받으렷다.

바사니오 여보, 샤일록 씨!

샤일록 아, 지금 난 수중의 현금을 따져 보고 있는 중
이지만, 아무리 기억을 더듬어 봐도 삼천 더커트란
거액을 당장 마련하진 못할 것 같소. 하나 염려 마

시오. 우리 동족에 튜우벨이라는 부자가 있으니 부
탁해 봅시다. 가만 있자…… 몇 달 동안 쓰신다고
했지요? (안토니오에게 인사를 하면서) 안녕하시오, 지
금 막 댁의 얘길 하고 있던 참이었소.

안토니오 여보 샤일록 씨—난 금전거래는 이자 없이
해왔소만, 이 친구가 급히 필요하다니까 이번만은
관습을 깨뜨리겠소. (바사니오에게) 얼마 필요하다는
걸 얘기했나?

샤일록 아, 예, 삼천 더커트라죠.

안토니오 그걸 삼 개월만.

샤일록 아차, 깜빡 잊었었구려……. 삼 개월이라죠…….
그럼 댁의 보증을 받습시다. 그런데 가만 있자……
지금 댁의 말씀을 듣자니 이자 있는 금전거래는 않
으신다구요?

안토니오 예, 그렇소.

샤일록 야곱이 자기 삼촌 라반의 양을 먹이던 시절의
애긴데, 그런데 이 야곱으로 말하자면 우리의 신성
한 조상 아브라함의 삼대째 상속자가 됐습니다만,
이건 그의 어머니의 약은 꾀로 그렇게 된 것이지
요. 아무튼 삼대째 상속자가 됐지요.

안토니오 그래, 그분이 어쨌단 말이오? 이자라도 받았

단 말이오?

샤일록   천만에요, 이자를 받다뇨. 댁의 말씀처럼 직접 이자를 받은 것이 아니죠. 그러나 그분이 어떻게 하였나 좀 들어 보시오. 글쎄 숙질간에 이런 약조를 하였잖겠소? 만약 양이 새끼를 낳으면 그중에서 줄진 놈, 점박힌 놈은 죄다 야곱 품삯으로 차지하기로요. 그런데 그 해 늦은 가을에 암양이 발정하여 숫양을 찾아가서 양들 사이에서 생식 활동이 행해지고 있는 틈에, 이 약은 목동이 나뭇가지 껍질을 벗겨 가지고 가선 교미가 절정에 달하고 있는 암양 눈앞에 꽉 박아 세워 놓았답니다. 그래서 암양이 새끼를 배고 해산 달이 되자 점박이만 잔뜩 낳았는데, 이것이 죄다 야곱의 차지가 됐지요. 이것이 부자가 되는 방법이외다. 야곱, 참 복이 많으셨지요. 부자가 되는 건 축복할 일이지요. 도둑질해서만 아니라면 말입니다.

안토니오   야곱이 한 짓은, 그건 일종의 투기요……. 자기 힘으로 그렇게 된 것이 아니라, 순전히 하느님의 손에 의하여 좌우된 것이오. 그래 이자를 정당화하려고 이 성서 얘기를 꺼낸 거요? 또는 당신네 금은은 모두 암양, 숫양들이란 말이오?

샤일록 글쎄요. 아무튼 난 돈도 자주 새끼를 치게 합니
　　다……. 하지만 여보, 내 애길 들어 보십시오.

안토니오 (방백) 저 소리를 들었나, 바사니오. 이 악마
　　같은 놈이 제 잇속을 위해서 성서까지 쳐드는 걸
　　좀 봐요. 나쁜 놈이 성서를 들어서 증거를 대는 건
　　악당의 웃음이나 같은 걸세, 속이 썩은 능금이나
　　같은 걸세……. 아, 속은 겉보기와 다르단 말이야!

샤일록 삼천 더커트라…… 상당한 거액이구먼……. 십
　　이 일부터 석 달 기한이라, 음. 이자를 좀 쳐봐야지.

안토니오 그래, 융통 좀 해주시겠소?

샤일록 안토니오 씨, 당신은 여러 차례 거래소에서 날
　　욕하셨지요. 나의 대금과 이자에 대해서요. 그래도
　　난 어깨를 움츠리고 다 참아 왔소. 참을성은 우리
　　민족의 특성이니까요. 나를 이단자니 살인자니 개
　　니 하면서 당신은 우리 유태인의 웃옷에 침을 뱉았
　　소. 내가 내 것을 쓴다고 해서 말이오.. 그런데 이제
　　보니 내 힘을 빌리자는구려. 그래서 내게 와서 하
　　는 말이 '여보 샤일록, 돈 좀 꾸어 줄 수 없겠느냐'
　　는 말이지. 당신은 내 수염에다 가래침을 뱉고, 도
　　둑개를 차듯이 날 문지방에서 차내더니, 이제 와선
　　돈을 청하시는구려. 글쎄 뭐라 말해야 좋을까요?

'개가 어디 돈이 있나요? 들개가 과연 삼천 더커트
를 융통해 줄 능력이 있을까요?'라고 말해야 좋을
까요? 혹은 내가 엎드려서 종놈 같은 어조로 숨을
죽여 가면서 겸손하게 중얼거려야 할까요? 이렇게
요, '나으리께서는 지난 수요일에 내게 침을 뱉구…
… 그 어느 날엔 날 발길로 차고, 언젠간 개라고 불
렀지요. 그런 친절에 대한 보답으로 이만이만한 돈
을 빌려 드리리다'라구요.

안토니오　난 차후로도 그렇게 욕을 하고, 침을 뱉고,
발길로 차고 하겠소. 이 돈을 빌려 주더라도 행여
친구에게 빌려 준 거라곤 생각 마오. 친구끼리 누
가 돈을 꿔주고 이자를 받는 예가 있단 말이오. 그
러니 원수한테 돈을 꿔줬노라고 생각하구려. 그렇
게 하면 위약하는 경우엔 떳떳이 위약금을 청구할
수 있을 테니까.

샤일록　아니 여보, 왜 이렇게 야단이시오……. 난 댁하
고 사귀어서 우정도 나누고 싶고 여태껏 받은 모욕
도 싹 잊고 이자 한 푼 없이 지금 필요하시다는 금
액을 융통해 드릴 생각이었는데, 내 말엔 막무가내
시구려. 이건 내 선심에서 우러난 건대요.

안토니오　사실이 그렇다면 고맙소만.

샤일록 그럼 내 친절을 보여 드리리다. 자, 같이 공증인(公證人)에게 가서 단독 명의로도 좋으니까 차용증서에 도장을 찍어 주시오. 그리고 이건 장난삼아 얘깁니다만, 만약에 증서에 명시된 일정한 금액을 일정한 시일, 일정한 장소에서 갚질 못할 때에는 위약금조로 댁의 기름진 살을 꼭 일 파운드만 내 마음대로 댁의 몸 어디서나 베어 내기로 하면 어떻겠소?

안토니오 아, 좋소……. 그럼 증서에 도장을 찍으리다. 그리고 유태 사람도 매우 친절하더라고 세상에 광고하리다.

바사니오 여보게, 나 때문에 그런 증서에 도장을 찍으면 안 되네. 차라리 내가 궁색한 것을 참겠네.

안토니오 이 사람아, 걱정할 건 없어. 나는 그런 위약은 하지 않을 테니까. 두 달 안에, 글쎄 증서의 기한보다 달포나 앞서 증서보다 아홉 배나 되는 금액이 들어올 예정이니 말이야.

샤일록 아이구 아브라함 아버지, 맙소사……. 이 기독교 교도를 좀 보게, 자기네들 거래가 빡빡하니까 남의 속까지 의심하는 모양이군……. 자, 한 마디 물어 봅시다. 위약을 하는 경우 그것으로 내게 무

슨 소득이 있겠소? 사람 몸에서 베어 낸 살 일 파
운드는 양고기나 쇠고기나 염소고기보다도 쓸데가
없고 가치도 없소. 난 호의를 사려고 이만한 우정
을 베푸는데 받아 준다면 좋고, 싫다면 하는 수 없
죠. 그러나 제발 날 오핸 마시오.

안토니오　좋소. 여보, 그 증서에 도장을 찍으리다.

샤일록　그럼 공증인 집에서 곧 만납시다. 이 재미있는
증서를 작성해 놓도록 공증인에게 지시해 주시오.
난 가서 곧 돈을 마련하리다. 그런데 되지 못한 놈
한테 집을 맡겨 놓고 왔기 때문에 걱정스러우니 집
에 좀 다녀와야겠소. 그러고 나서 곧 찾아뵈리다.

안토니오　얼른 다녀오구료……. (샤일록 퇴장) 유태놈이
기독교로 돌아설 작정일까……. 왜 이렇게 친절해
졌어.

바사니오　입은 번지르르하지만 뱃속은 시커먼 놈이 난
싫단 말이야.

안토니오　자, 가세……. 걱정할 건 없어. 아무튼 내 상
선들은 기한보다 달포나 빨리 돌아올 것이니까.

　　모두 **퇴장**.

제 2 막

제 1 장

벨몬트. 포오셔 집의 홀.
모로코 왕 일행이 등장. 포오셔, 네리사, 시종들 등장.

모로코 왕 내 얼굴빛을 싫어하지 마십시오. 이건 찬란
한 태양이 입혀 준 검은 옷이랄까요. 난 태양의 이
웃에서 자랐으니까요. 태양의 불도 고드름을 녹이
지 못한다는 북쪽 태생의 얼굴이 희디흰 사람들을
불러와서, 당신의 사랑을 걸고 피를 뽑아 그자와
나와 누구의 피가 더 붉은가 시험해 보시죠. 아가
씨, 내 얼굴엔 장사도 겁을 내고, 사실 우리나라의
가장 아름다운 처녀들도 녹았답니다. 이 얼굴빛은
다른 것과 바꾸고 싶지 않습니다. 나의 여왕이시여,
당신의 사랑을 몰래 훔칠 수만 있다면 얘기가 다릅
니다만.

포오셔 선택에 있어 저는 처녀의 안목만 가지고는 좌
우되지 않아요. 더구나 제비로 운명이 결정된 저로
선, 마음대로 선택할 권리가 없어요. 하지만 방법을
말씀드린 바와 같이, 제비를 맞추어 낸 남자의 아
내가 되라는 아버지의 그런 착안으로 해서 제가 군

색한 제한만 받고 있지 않다면 고명하신 전하께서도, 제 애정의 후보자로서 여지껏 뵌 분네들과 조금도 손색은 없으십니다.

모로코 왕 그 말씀만 들어도 감사합니다. 그러니 그 궤 있는 곳으로 안내해 주시오. 나의 운명을 시험해 보겠습니다. 이 장도칼…… 터키 왕 솔리먼을 전쟁에서 세 번이나 물리쳤다는 페르시아의 소피 왕도 죽인 이 장도칼에 손을 대고 맹세하지만, 아가씨! 당신을 얻기 위해선 아무리 무서운 눈하고도 눈싸움을 해서 기를 죽여 놓겠소. 세상에서 제아무리 담이 큰 놈하고도 싸워 이기겠소. 젖을 물고 있는 곰새끼라도 어버이한테서 떼어 놓겠소. 아니 밥을 찾아 으르렁대는 사자라도 놀려 주겠소. 그러나 아…… 헤라클레스 장사와 그의 제자 라이카스가 주사위를 던져서 결말을 내기로 한다면, 운명의 조화로 약한 쪽 손에 좋은 수가 나올는지도 모를 일이죠. 이래서 장사도 그 제자한테 지고 마오. 그러니까 나 역시, 맹목의 운명한테 이끌려서 하찮은 자라도 손에 넣을 행운을 놓치고 비탄 속에 죽을는지도 모르죠.

포오셔 모든 것을 운명에 맡기실 수밖에요……. 그러니

까 애당초 고르기를 그만두시든가, 또는 잘못 고르
는 경우엔 앞으로 영영 여자에게 구혼을 하지 않는
다고, 고르시기 전에 맹세를 하시든가 하셔야 합니
다. 그러니 잘 생각해 주시기 바랍니다.

모로코 왕 아무렴요. 자, 운명을 결정하게 안내해 주시오.

포오셔 우선 교회로 갑시다. 그리고 운명의 결정은 식
사 후에 하세요.

모로코 왕 행운이 오소서……. 자, 행복한 인간이 될
것이냐, 저주받은 인간이 될 것이냐.

모두 퇴장.

제 2 장

샤일록의 집 앞.
란슬로트가 머리를 긁으면서 등장.

란슬로트   내가 이 유태인 주인네 집에서 달아나야만
내 양심도 시원할 것 아니냐……. 글쎄, 마귀란 놈
이 팔꿈치 곁에서 날 이렇게 유혹한단 말이야. '고
보야, 란슬로트 고보야, 착한 란슬로트 고보야, 다
리를 써, 다리를. 뛰어라, 뛰어서 달아나라니까'라
고. 그런데 내 양심은 이렇게 말하거든. '안 된다.
잘 생각해라. 넌 정직한 란슬로트가 아니냐. 조심해
라, 고보야' 또는 아까도 얘기했지만, '정직한 란슬
로트 고보야, 달아나면 안 돼. 달아나는 건 비겁한
일이야'라고 타이른단 말이거든. 그런데, 마귀 중에
서도 가장 두목이란 놈은 날 보고 짐을 싸라는 거
야. 글쎄 그놈이 소곤대기를, '야, 뛰어라, 뛰어……
제기랄, 용기 좀 내서 달아나라니까' 하거든…….
그런데 양심이란 놈은 내 염통에 바싹 매달리고서
아주 약게 이렇게 타이른단 말이야. '정직한 친구,
란슬로트야, 넌 정직한 남자의 아들이 아니냐'라고

……. 그런데 실은 정직한 여자의 아들이란 말이 더 맞지 않을까……. 글쎄, 사실 말이지 우리 아버진 좀 입맛을 다시고, 약간 냄새를 피우고 맛도 살짝 본 셈이니 말이야. 그건 그렇고 양심이란 놈이, '란슬로트야, 꼼짝 마라' 하면, 악마란 놈은, '달아나라' 이러고, 그러면 양심이란 놈은, '달싹 말라니까' 이런단 말이야. 그래 난 이렇게 말해 주지, '양심아 네 말도 근사하다'라고. 그리고 이렇게도 말해 주지, '악마야, 네 충고도 그럴싸하다'라고. 양심의 말을 듣자니 제기랄, 악마 같은 유태인 주인네 집에 주저앉아야 하고, 이 유태인네 집에서 달아나자니 악마놈의 말을 들어야 하고. 그런데 미안한 말이지만 이 악마란 놈은 마귀에 틀림없거든……. 그리고 사실이지 유태인 주인네로 말하더라도 바로 악마의 화신이란 말이야. 그런데 내 양심에 두고 말이지만 건 좀 무정한 말이지만…… 암만해도 악마 말이 더 친절한 것 같아. 자, 달아나겠다. 악마야. 내 발꿈치는 네 명령대로 달아나겠다.

란슬로트 달아나다가 비틀거리며 그의 부친 고보의 팔에 부딪친다. 고보 노인은 바구니를 들고 한길을 오는 중이다.

고 보 여보 젊은이, 말씀 좀 물읍시다. 유태인 양반네 집은 어디로 가면 되오?

란슬로트　(방백) 아이구, 내 진짜 아버지가 아니신가! 청맹과니보다 더한 소경같이 돼서 날 못 알아보시네. 이 양반의 혼을 좀 빼놔야지.

고 보　여보, 젊은이! 유태인 양반네 집은 어느 쪽인가요?

란슬로트　(큰소리로) 요다음 모퉁이에서 오른쪽으로 도시오. 그리고 그 다음 모퉁이선 꼭 왼쪽으로 도시오. 그리고 그 다음 모퉁이에선 꼭 왼편으로 도시오. 그리고 그 다음 모퉁이에선 아무 쪽으로도 돌지 말고 꼬불꼬불 내려가면 유태인네 집이오.

고 보　아이구, 찾기가 여간 힘들지 않겠는걸. 그런데 여보, 그 댁에 살고 있는 란슬로트가 지금도 살구 있는지 어쩐지 아우?

란슬로트　젊은 란슬로트 양반 말씀입니까? (방백) 가만 있자, 눈물 좀 쏟아지게 해줄까 보다. 젊은 란슬로트 양반 말입니까?

고 보　양반은 무슨 양반입네까, 그저 구차한 사람의 자식이죠. 그러나 내가 이렇게 말하는 건 좀 뭣하지만, 그의 아버진 찢어지게 가난은 해두 정직하구 하느님 덕분에 잘 살구 있답네.

란슬로트　원, 그의 아버진 어떻게 됐든간에, 우리 젊은 란슬로트 애기나 합시다.

고 보   댁의 친구 란슬로트 말이죠?

란슬로트   그런데 저, 그러니까 말입니다. 젊은 란슬로
트 말입니다.

고 보   죄송하지만, 그저 란슬로트 녀석 말입니다.

란슬로트   그러니까 란슬로트 양반이란 말입니다. 란슬
로트 양반 애긴 그만 치웁시다. 그 젊은 양반은 글
쎄…… 운명인지 천명인지 모르지만 그 이상한 말
마따나 그리고 운명의 세 여신인지 하는 그 학문
마따나…… 실은 작고하였습니다. 아니 우리네 말
로 쉽게 말하자면 천당으로 가셨답니다.

고 보   아이구…… 맙소사! 늙은 내가 그 자식을 지팡이
나 기둥같이 믿고 있었는데.

란슬로트   (방백) 그래 내가 몽둥이나 초가집 기둥이나
막대기나 작대기같이 보인담? 그런데 아버지, 절
몰라 보시겠습니까?

고 보   아이구, 난 몰라 보겠소, 젊은 양반. 그런데 여보,
내 자식놈은…… 하느님 보우해 주십사! 대관절 그
놈은 살아 있습니까?

란슬로트   아버지, 절 몰라 보시겠습니까?

고 보   아, 청맹과니가 돼놔서 댁이 누구신지 몰라 보겠

구려.

란슬로트 아니죠, 눈이 멀쩡하더라도 절 몰라 보실 겝
니다. 글쎄, 자기 자식을 알아보는 아비는 현명한
아비라잖습니까. (무릎을 꿇고) 그런데 노인, 자제 소
식을 얘기해 드리리다. 절 축복해 주십쇼. 온갖 일
은 백일하에 밝혀질 것이고, 살인도 오래 숨기진
못합니다. 그리고 사람의 자식도 아무리 숨어 봤자
결국은 밝혀지고 말고요.

고 보 여보, 제발 일어서시오. 확실히 당신은 내 아들
란슬로트는 아니니까요.

란슬로트 이제 농담은 제발 관두시고, 절 좀 축복해 주
십쇼. 전 진짜 란슬로트입니다. 이전엔 당신의 아들
이요, 지금은 당신의 자식이요, 장차는 당신의 아이
가 될 란슬로트입니다.

고 보 암만 봐도 내 아들 같지 않구려.

란슬로트 암만 보구뭐구 간에 난 유태인의 하인 란슬
로트입니다. 그리고, 영감님의 아내 마제리는 제 어
머니입니다.

고 보 내 마누라 이름은 틀림없이 마제리지. 그런데 맹
세하지만, 네가 란슬로트라면 넌 내 혈육을 받아서
난 내 자식이 분명하구나. (란슬로트의 얼굴을 만져 본

다. 란슬로트는 절을 하며 목덜미를 내민다) 아이구, 하느
님 고마우셔라. 어쩌면 수염이 이렇게 많이 났느냐.
턱이 우리집 망아지 도빈이란 놈의 꼬리보다도 북
실북실하구나.

란슬로트 그렇다면 도빈이란 놈의 꼬리는 거꾸로 자라
난 모양이지요. 요전에 봤을 땐 확실히 그놈의 꼬
리가 내 얼굴보다도 더 북실북실하던데요.

고 보 하느님 맙소사, 참 넌 변했구나. 그래, 주인 양반
하곤 사이가 어떠냐? 네 주인 양반한테 선물을 하
나 가지구 왔다. 그래 주인네하곤 어떻게 지내냐?

란슬로트 예, 예……. 그런데, 저로 말하자면 달아나기
로 일단 결심했으니까, 조금이라도 달아나 보지 않
고서야, 어디 맘이 편해야죠. 주인네로 말하자면 지
독한 유태놈이에요. 그놈한테 선물을 주다뇨. 목매
달아 뒈지라고 줄이나 갖다 주세요. 그놈 집에서
고생살이하고 있자니 배에서 쪼르륵 소리가 납니
다. 손가락이란 손가락으로 갈빗대를 이렇게 피다
세볼 수 있을 지경입니다. 아버지, 오셔서 참 반가
워요. 가지고 오신 선물일랑 바사니오 양반께 드리
세요. 그 양반이 좋은 새옷을 맞춰 주시겠다잖아요.
전 땅끝 닿는 곳까지 달아나서라도, 기어이 그 양

반네 집에서 살랍니다. 아이구, 잘됐습니다. 마침
그 양반이 오시는군요. 아버지, 저 양반 말입니다.
제기, 누가 더 이상 유태인놈네 집에서 산담.

바사니오가 레오르나도 및 그밖의 사람들과 함께 등장.

바사니오　(하인에게) 그렇게 해도 좋아. 허나 늦어도 다
　　섯 시까진 식사 준비가 다 돼 있도록 서둘러라. 이
　　편지는 배달하고, 새옷들도 맞추도록 해라. 그리고
　　그레시아노보고 곧 우리집으로 오시도록 전해라.
　　(하인 퇴장)

란슬로트　(아버지를 앞으로 밀어내면서) 저 양반입니다. 아
　　버지.

고　보　안녕하십니까, 나리님…….

바사니오　아, 고맙소. 무슨 하실 얘기라도?

고　보　이 애가 제 자식인뎁쇼, 변변치 못한 놈입니다만.

란슬로트　변변치 못한 놈이라뇨, 부자 유태인네 집에
　　사는 놈을 가지고. 그런데 제 아버지께서 차차 자
　　세히 얘기하실 겁니다만……. (뒤로 물러선다)

고　보　이 애가 글쎄 나리네 댁에서 무척 살고 싶어하
　　는뎁쇼.

란슬로트　(앞으로 나가서) 사실 요점을 말씀드리자면, 전

유태인네 집에서 살고 있는 사람입니다. 그런데 자
세한 얘긴 아버지가 하시겠지만, 저……. (뒤로 물러
선다)

고 보 주인네와 글쎄 이놈이 영 사이가 언짢아서.

란슬로트 (앞으로 나서서) 글쎄 사실 얘기가, 그 유태 양
반이 절 못 살게 군답니다. 그러니까 제 아버지입
네다만, 노인네가 확실한 얘긴 하시겠지만, 저…….
(물러선다)

고 보 나리께 드리려구 이렇게 비둘기 고기를 한 접시
가지고 왔는뎁쇼. 그런데 제가 청이 하나 있는데,
저…….

란슬로트 (앞으로 나가서) 간단히 말씀드리자면, 그 청이
라는 건 저하곤 아무런 관계도 없는데요, 이 정직
한 노인네가 얘기할 것입니다. 이 노인은 늙기는
늙었지만 가난한 우리 아버진데요.

바사니오 한 사람이 얘기하게나. 그래, 자네 청이 뭔가?

란슬로트 그 리댁에서 빌고 싶습니다.

고 보 그게 바루 요점입네다.

바사니오 자넨 내가 잘 아네. 청대로 하세. 실은 자네
주인 샤일록이 오늘 얘기하데만 자네를 추천하더
군. 돈 있는 유태인네 집을 나와서 나같이 구차한

사람 집에 살러 오는 것을 뭐 추천이라고야 할 수 있겠는가만.

란슬로트　옛 속담에 있잖습니까. '하느님의 은총은 보배'라고요. 끄 속담을 샤일록 양반과 나리께서는 반반씩 나눠 가지셨다고나 할까요…… 나리께선 '하느님의 은총'을 가지고 계시고 샤일록 양반은 '보배'를 갖고 있고요.

바사니오　자넨 말 재간이 있군 그래. 자 영감님, 아들과 같이 이 전 주인네 집에 가서 작별인사를 하고 내 집을 찾아오도록 하오. (하인들에게) 여봐라, 이 자에겐 다른 하인들보다 훨씬 더 술이 많이 달린 옷을 입혀라, 알았나. (레오르나도와 한쪽으로 가서 이야기한다)

란슬로트　아버지, 들어갑시다. 난 다른 데 일자리를 얻어 낼 수도 없고, 이 머리빡 속에 어디 혓바닥이나 있어야죠. 그런데 저…… (손바닥을 들여다보면서) 성서에 두고 맹세해도 좋지만, 이탈리아 천지를 찾아봐도 나같이 좋은 손금은 없습니다. 이제 좋은 복이 굴러들어오고말고……. 자, 이 직선은 명줄이고, 이쪽 대단찮은 줄은 처궁인데…… 원, 여편네가 겨우 열다섯 명밖에 안 된단 말인가. 과부 색시가 열

하나에 처녀 색시가 아홉 명이라, 한 사람의 사내 몫으론 참 쓸쓸하구먼……. 그리고 세 번 물에 빠져 죽을 뻔하게 되고. 아무튼 간신히 목숨을 건지는구나. 그래 운명의 신이 여신이라고 한다면, 참 친절한 계집애이기도 하지. 아버지, 오세요. 눈 깜짝할 새에 유태인 주인네와 작별하고 올게요. (란슬로트와 고보 노인 퇴장)

바사니오 여보게 레오르나도, 부디 잊지 말게. 이러이러한 물건들을 사들이거든 잘 싣고서 속히 돌아와야 하네. 오늘 밤에 귀한 친지들을 대접하기로 돼 있으니까. 자, 얼른 가보게.

레오르나도 예, 최선을 다하겠습니다.

그는 나가는 길에, 오고 있는 그레시아노를 만난다.

그레시아노 자네 주인님은 어디 계신가?

레오르나도 저기 걸어가고 계십니다. (퇴장)

그레시아노 이봐, 바사니오!

바사니오 오, 그레시아노!

그레시아노 청이 하나 있는데요.

바사니오 아, 들어 줌세.

그레시아노 거절하시면 안 되오. 다른 게 아니라 벨몬트에 나도 따라가겠소.

바사니오 아, 그야 따라가다뿐인가. 그러나 여보게, 내 말 좀 들어 보게. 자넨 너무나도 억척스럽고 수다스럽고, 음성도 거칠단 말이야. 하기야 참 자네다운 성격이기도 하고, 또한 우리 같은 사람들 눈에는 나쁘게 보이지 않네만, 그러나 낯선 땅에 가면 좀 경솔하게 보일 것 아닌가. 그러니까 제발 노력을 해서, 그 날뛰는 성미에다 절제란 차디찬 냉수를 좀 끼얹으란 말이야. 자네의 그 난폭한 행동 때문에, 그곳에 가서 나까지 오해를 받고, 끝내는 내 희망까지 망치게 되면 안 되니까.

그레시아노 바사니오 씨, 내 말도 좀 들어 보시오. 나는 어디까지나 근실한 태도로 말도 점잖게 하고, 욕도 그리 하지 않고, 호주머니 속에는 늘 기도책을 넣고 다니고, 그리고 얼굴 표정은 아주 엄숙하게 갖겠소. 아니 그뿐 아니라 식사 전후 기도드릴 때 보시오만, 이렇게 모자로 눈을 가린 채 한숨을 내쉬면서 '아멘'도 부르겠소. 그리고 예의란 예의는 모두 지키겠소. 할머니 맘에 들기 위해서 엄숙한 체 시치미를 떼기에 능란한 사람같이 말이오. 이 말이 거짓말이라면 이제부터 통 날 믿지 않아도 좋소.

바사니오 음, 그럼 앞으로 두고 보세.

그레시아노 하지만 오늘 밤만은 예외요. 오늘 밤의 내
행동을 가지고 장래를 판단하면 안 되오.

바사니오 그야 물론이지. 오늘 밤만은 오히려 철저히
놀아 주기를 이쪽에서 청하고 싶네. 다들 놀기 좋
아하는 친구들이 모이니 말이야. 자, 그러면 잘 가
게. 난 좀 볼일이 있어서.

그레시아노 나도 로렌소를 찾아봐야겠소. 그럼 저녁식
사 때 다시 뵙겠소.

모두 퇴장.

제 3 장

샤일록의 집, 문이 열려 있다.
제시커와 란슬로트 등장.

제시커 이제 네가 우리 아버지네 집을 아주 나간다니,
참 안됐구나. 우리집은 지옥 같은데, 그래도 네가
참 재미난 녀석이라 지루한 줄도 몰랐단다. 그럼
잘 가요. 이 돈 일 더커트 받아요. 그리고 이봐, 오
늘 저녁식사 때 로렌소 씰 뵙거든 이 편지를 전해
줘요. 남 몰래 전해야 해. 그분은 네 새 주인네 집
에 초대받아 있어. 그럼 잘 가요. 이렇게 내가 너와
얘기하고 있는 걸 우리 아버지가 보심 야단난단 말
이야.

란슬로트 안녕히 계십쇼! 눈물 땜에 혓바닥도 움직일
수가 없구려. 이교도이긴 해도 참 예쁘고 귀여운
유태인 색시! 이건 틀림없이 어떤 기독교도가 아가
씨네 어머니와 군것질을 해 가지고 아가씨를 난 걸
거야……. 그건 그렇고, 안녕히 계십쇼. 미련하게
이렇게 눈물이 자꾸만 쏟아져 나오니, 대장부의 마
음을 그 눈물 속에 빠져 죽게 하는구려. 안녕히 계

십쇼. (퇴장)

제시커 잘 가라, 란슬로트야……. 이 흉악한 내 죄 좀
보게. 우리 아버지 같은 분의 딸 된 것을 창피스러
워하다니! 그러나 피는 아버지의 딸이지만 행동으
론 딸이 아니야……. 오, 로렌소 씨, 당신만 약속을
지켜주심, 전 이 고민을 끝장내고 기독교로 개종하
여 당신의 사랑스런 아내가 되겠어요. (퇴장)

제 4 장

베니스의 거리.
그레시아노, 로렌소, 살레리오, 솔라니오 대화를 나누면서 등장.

로렌소 아냐, 우린 식사때 살그머니 빠져나와 가지고,
내 집에 가서 변장을 하고 다시 돌아가기로 하세.
모두 해서 한 시간이면 넉넉할 거야.

그레시아노 그런데 준비가 좀 충분찮은데.

살레리오 횃불잡이 얘기도 아직 안 했잖았나.

솔라니오 감쪽같이 하지 않으면, 꼴이 아닐 것 같으니
까 집어치우는 게 좋을 것 같애. 로렌소, 이제 겨우
네 시니까 준비할 시간이 두 시간이나 있네. (란슬로
트 등장) 란슬로트, 무슨 일이냐?

란슬로트 (편지를 주머니에서 꺼내면서) 이 편지만 뜯어 보
십쇼. 자세한 애긴 적혀져 있을 겁니다.

로렌소 낯익은 글씨다. 참으로 아름다운 글씨다. 그러
나 이 편지보다도 쓴 손이 더 아름답고말고.

그레시아노 아니, 연애편지로구면.

란슬로트 전 물러가겠습니다.

로렌소 어디로 가려나?

란슬로트 예, 실은 주인네 유태인 양반보고, 새 주인
기독교 신자네 집에 와 저녁을 잡수십사고 모시러
가려고요.

로렌소 가만 있게, 이것을 받아. (돈을 준다) 그리고 제
시커에게 이 말 좀 전해 줘. 틀림없이 찾아간다더
라고……. 비밀리 말해 줘. (란슬로트 퇴장) 여보게들,
오늘 밤의 가장 행렬을 준비하지 않겠나? 횃불잡이
가 하나 생겼네.

살레리오 그럼 됐네. 당장 착수해야지.

솔라니오 나도 착수해야지.

로렌소 그럼 조금 있다가 그레시아노 집으로 와서, 나
와 그레시아노를 찾아 주게.

살레리오 좋아, 그렇게 하지. (살레리오와 솔라니오 퇴장)

그렌시아노 아까 그 편지는 제시커한테서 온 편지가
아닌가?

로렌소 자네한텐 얘길 하겠네만, 실은 제시커가 이렇게
전해 왔네. 그녀의 아버지네 집에서 자기를 이러이
러하게 빼내라는 둥, 어떠한 금이니 보석을 가지고
있다는 둥, 소년 복장도 마련돼 있다는 둥의 소식
을 말이야. 그래 만약에 그녀의 아버지되는 유태놈
이 천당엘 간다면, 그건 저 얌전한 딸 덕택일 거야.

그녀의 앞길에는 불행 같은 건 절대로 없도록 해야
지. 불신자인 유태놈의 딸이라는 이유 때문이라면
모르지만……. 자, 같이 가보세. 가면서 이걸 읽어
보게. 아름다운 제시커를 횃불잡이로 하세.

모두 퇴장.

제 5 장

샤일록의 집 앞 거리.
샤일록과 란슬로트 등장.

샤일록 자, 이젠 네 눈으로 판단하고 알게 될 거다. 이
　　샤일록과 바사니오와의 차이를 말이다. 애, 제시커
　　야…… 이젠 내 집에서처럼 퍼먹진 못한다……. 애,
　　제시커야…… 그리고 코를 골고 자지도 못하고, 옷
　　을 함부로 입지도 못한다니까……. 아니 제시커야,
　　이 애야!

란슬로트 (큰 소리로) 여, 제시커!

샤일록 누가 너더러 부르라고 그랬어? 너더러 부르라
　　곤 하지 않았어.

란슬로트 하지만 영감님은 늘 절보고, 시키지 않으면
　　아무 일도 못하는 놈이라고 야단만 치시면서요.

　　제시커 등장.

제시커 부르셨어요? 왜 그러세요?

샤일록 제시커야, 난 식사에 초대를 받았다. 자, 이건
　　열쇠다. 하지만 왜 가야 하느냐 말이다. 호의의 초

대가 아니라. 아첨에 불과한데. 하지만 증오심을 가
지고 가서, 저 기독교 놈들의 사치쟁이놈네 집에서
먹어 주자꾸나. 애, 제시커야. 집 좀 잘 봐라. 정말
가기가 싫구나. 어쩐지 무슨 불행이 일어날 것만
같아. 글쎄, 간밤엔 돈 주머닐 꿈에 보잖았겠니.

란슬로트 부디 가보십시오. 저희네 젊은 주인 양반은
영감님이 오시길 기다리고 계시니까요.

샤일록 날 욕보이려고 말이지?

란슬로트 천만에요. 다들 공모해 놓았답니다만…… 가
장행렬을 부득부득 보시란 건 아닙니다만…… 그러
나 만약에 보신다면, 지난 부활제 월요일 아침 여
섯 시에 재수 나쁘게 제가 코피를 흘린 것도 까닭
이 없는 것은 아니란 걸 아실 거예요. 글쎄 그 해
성회 수요일(聖灰水曜日)부터 쳐보면 오늘 오후가 꼭
사 넌째 되는구먼요.

샤일록 뭐, 가장행렬이 있어? 애, 제시커야, 문단속 잘
해. 북소리나, 목을 비틀고 끽끽 부는 저 흉악한 피
리 소리가 나더라도, 창틀에 기어 올라가서 머리를
한길에 내밀고서 기독교 바보 녀석들의 광대 낯바
대기를 봐선 안 돼. 제발 우리집의 귀를—창문 말
야—죄 틀어막고, 점잖은 집안에 건달패들 소리가

못 들어오게 하란 말이야. 우리네 조상 야곱님의 지팡이에 두고 말이지만, 정말 오늘밤의 연회엔 나가고 싶지가 않구나. 그래도 나가 봐야지……. 얘, 넌 먼저 가봐라. 그리고 내가 간다고 전해라.

란슬로트 예, 먼저 가보겠습니다. (나가면서 제시커에게 중얼거린다.) 아가씨, 별일이 있더라도 창 바깥을 꼭 좀 내다보십시오. 유태인 따님의 눈에 들 만한 기독교도 한 사람이 지나갈 테니까요. (란슬로트 퇴장)

샤일록 저 팔푼이 바보 같은 놈이 뭐라고 그러는 거냐, 응?

제시커 '아가씨 안녕히 계세요' 했지 뭐예요.

샤일록 저 녀석은 맘씬 좋으나 먹성이 과하구 잇속엔 달팽이같이 느리고, 대낮에도 살쾡이같이 잠만 잔단 말이야. 수펄같이 퍼먹기만 하는 놈을 우리집에 둘 순 없지. 그러니까 저런 놈은 내보내는 거야, 그냥이 아니라 빚진 놈한테로 내보내 가지고 빚낸 돈을 낭비시키잔 말이야. 그런데 제시커야, 그만 들어가 봐라. 난 금방 돌아오마. 그리고 넌 내가 이른 대로 들어간 뒤에 문단속 잘하란 말이야. 단단히 단속해 놓으면 돈이 모인다고 그러잖니. 이건 경계하는 사람이 들으면 언제 들어도 새맛이 나는 속담

이니라. (샤일록 퇴장)

제시커 안녕히 다녀오세요. 이제 내 운명을 누가 막지
만 않는다면, 난 아버질, 아버진 딸을 영영 잃게 되
는 거야. (제시커 퇴장)

제 6 장

같은 장소.
그레시아노와 살레리오, 가장을 하고 등장.

그레시아노   이 처마 밑에서 우리더러 기다리고 있으라
고 그랬지, 로렌소가.

살레리오   약속 시간이 다 지났는데.

그레시아노   그자가 시간이 늦는다는 건 참 이상하구먼,
애인들은 반드시 시간보다 앞질러 오는 법인데.

살레리오   오, 사랑의 여신의 수레를 끄는 비둘긴, 새로
맺는 사랑의 약속을 굳게 하기 위해서라면 보통보
다 열 배나 빨리 날아간다고 하는데. 기왕에 굳어
진 사랑의 맹세를 지키게 하기 위해서는 평상시나
같다고 하지만.

그레시아노   그야 그렇지. 상 앞에 앉을 때와 같이 왕성
한 식욕을 가지고 잔치 자리에서 일어나는 사람이
어디 있겠나? 말을 길들일 때, 처음 뛰어갈 때처럼
돌아올 때도 그 지리한 스텝을 왕성한 의욕으로 밟
는 말이 어디 있겠는가? 세상 일이란 쫓는 재미지,
일단 손에 넣고 보면 별것 아니란 말이야. 만국기

를 달고 고향의 항구를 떠나는 배를 보더라도, 어
쩌면 그렇게 젊은 한량(閑良)처럼 기생 같은 바람에
안기고 부둥키고 하느냐 말이야! 그러나 돌아올 때
보면 늑재는 비바람에 시달려 있고, 돛은 찢어지고,
어쩌면 그렇게도 난봉꾼 같으냐 말이야. 갈보 같은
바람에 시달려서 거지같이 뼈대만 남아 가지고 말
이야!

로렌소 등장.

살레리오 마침 로렌소가 오는구먼……. 이 애긴 요다음
에 또 하기로 하세.

로렌소 여보게들, 늦어서 미안하네. 실은 내가 아니라
내 일이 그만 자네들을 이렇게 기다리게 하고 말았
네. 그러나 후일 자네들이 색시 도둑질을 하는 처
지에 놓이면, 나 역시 오늘 자네들만큼 기다려 주
겠네. 이리들 나오게. 이게 내 장인 유태인네 집이
네. 여! 안에 누구 있소?

문 위 창문이 열리고 소년 복장을 한 제시커가 내다본다.

제시커 누구세요? 말씀해 보세요. 좀더 확인해 두고 싶
어서 그래요. 음성으로 대강 짐작은 갑니다만.

로렌소 로렌소요. 당신의 애인이오.

제시커 아, 정말 로렌소 씨네요. 아, 우리 애인, 제가
이토록 사랑하는 분은 당신밖에 없어요. 그리고 로
렌소 씨, 제가 당신의 것임을 아는 사람도 당신밖
에 없어요.

로렌소 그건 하느님과 당신의 애정이 증인이오.

제시커 자, 이 궤 좀 받으세요. 수고할 만한 일이니까
요. (궤를 던진다) 마침 다행히도 밤이군요. 이렇게
변장한 것이 부끄러운데, 당신이 보지 못하니 말예
요. 그러나 사랑은 맹목이라, 애인들은 자기들이 저
지른 가장 어리석은 짓도 알아보지 못한다잖아요.
그걸 알아보는 날에는, 이렇게 남장을 한 걸 보고
큐피드조차도 낯을 붉힐 것이 아녜요.

로렌소 내려와요, 당신을 횃불잡이로 써야겠으니까.

제시커 아니, 이 창피한 꼴이 더욱 잘 보이게 횃불을
들어요? 안 그래도 정말 너무나 환히 나타나 보이
는걸요. 횃불잡이는 뭐든지 환하게 비쳐 내는 것이
그 임무가 아닌가요? 안 그래도 눈을 피해 있어야
할 제가.

로렌소 이봐, 그래서 그렇게 아름다운 소년 복장으로
변장을 하고 있는 것이오? 그러나 얼른 내려와요,

캄캄한 밤은 달음질치고, 바사니오 씨네 잔치에선
우리를 기다리고 있으니까.

제시커 문단속 좀 하겠어요. 그리고 돈도 좀 가지고 금
방 내려갈게요. (문을 닫는다)

그레시아노 내 두건에 두고 맹세하지만, 참 좋은 애구
면, 유태 여자가 아니라.

로렌소 정말이지 난 저 여자를 진심으로 사랑하네. 첫
째 현명한 여자야, 내가 판단할 줄 안다면. 그리고
예뻐, 내 눈이 틀림없다면. 그리고 또한 진실한 여
자거든, 이건 그녀 자신이 벌써 증명했어. 그러니까
난 현명하고 예쁘고 진실한 그녀의 천성 그대로를
변치 않는 내 영혼 속에 품어 두겠어……. (제시커가
안에서 나온다) 뭐, 벌써 왔소? 자, 가보세……. 지금
쯤은 가장을 한 친구들이 기다리고 있을 거네 (로렌
소, 제시커, 살레리오 퇴장)

안토니오가 거리를 오고 있다.

안토니오 오, 거 누구요?

그레시아노 안토니오 씨요?

안토니오 아, 그레시아논가! 그래, 다들 어디 있나? 아
홉 시네…… 자넬 기다리고들 있는 중이야. 오늘

밤 가장행렬은 없고, 순풍이 불기 시작해서 바사니
오는 곧 떠나기로 됐는데, 난 자넬 찾느라고 스무
명이나 사람을 풀어놨지 뭐야.

모두 퇴장.

제 7 장

벨몬트, 포어셔의 집 홀.
포오셔, 모로코 왕, 시종들 등장.

포오셔 자, 막을 젖히고, 낱낱의 궤를 이 전하께 보여
드려라. (하인이 막을 연다. 탁자가 놓여 있다. 탁자 위에
는 궤가 세 개 놓여 있다) 그럼 골라 보세요. (모로코 왕,
궤를 각각 조사해 본다)

모로코 왕 첫째는 금궤고, 이런 글이 새겨 있구나. '나
를 고르는 자는 만인이 소망하는 것을 얻으리라'고
……. 둘째 것은 은궤, 이런 약속이 씌어 있구면.
'나를 고르는 자는 신분에 응당한 것을 얻으리라'고
……. 셋째 궤는 둔한 납, 경고문까지도 무뚝뚝하
군. '나를 고르는 자는 전 재산을 내놓고 운명에 걸
게 되리라'고……. 그런데 바른 궤를 골랐는지, 그
것을 어떻게 알아봅니까?

포오셔 이 중 어떤 궤 속에 제 초상이 들어 있어요. 그
것을 고르시면, 전 그 초상과 함께 전하의 것이 되
어요.

모로코 왕 신이여, 나의 판단을 지도해 주소서! 그런데

가만 있자, 글귀를 다시 한 번 읽어보자. 납궤는 뭐라고 했더라? '나를 고르는 자는 전 재산을 내놓고······ 운명에 걸게 되리라' 그래, 전 재산을 내놓고······ 뭘 위해서? 납을 위해서 운명에 걸란 말이냐? 협박조로군. 사람이 일체를 내놓고 운명에 걸 때에는, 무슨 좋은 이익이 바라다 보이니까 그러는 것 아닌가. 황금 같은 마음은 부스러기 같은 것에 굴복하진 않는다. 그러니까 나는 납한텐 아무것도 내놓거가 걸거나 하지는 않겠다. 그럼 빛이 처녀같이 순결한 궤는 뭐라고 하는가? '나를 고르는 자는 신분에 응당한 것을 얻으리라'고. 신분에 응당한 것을! 가만 있자, 이 모로코 왕아, 공평한 손으로 네 가치를 달아 봐라. 세상의 평가대로라면 네 가치는 충분하지만······ 그러나, 이 아가씨를 얻을 수 있을 만큼 충분한 것인지? 그렇다고 내 가치를 의심하는 것은 내가 약해서 자기를 멸시하는 것밖에 안 뇌시······. 신분에 응당한 것! 그건 물론 이 아가씨다. 가문으로 봐서나, 재산으로 봐서나, 인품으로 봐서나, 교양으로 봐서나, 나야말로 이 여자를 얻을 만하지. 그러나 뭣보다도 사랑에 있어 얻을 만하지. 이제 그만 망설이고 이 궤를 고르면 어떤

가? 그러나 금궤에 새겨 있는 문구를 다시 한 번 보자……. '나를 고르는 자는 만인이 소원하는 것을 얻으리라'고…… 아! 이게 아가씨다……. 온 천하가 아가씰 열망하고 있잖는가. 세상의 방방곡곡으로부터 사람들이 이 성당, 아니 이 생부처님에 입을 맞추려고 모여들잖는가. 그래서 저 허케니어의 사막도, 황량한 아라비아의 광야도, 이제는 아름다운 포오셔 양을 찾아오는 귀인들로 해서 큰길이 돼 있겠다. 그리고 교만한 머리를 쳐들고 하늘에다 침을 뱉는 대양(大洋)의 왕국도 바다를 넘어오는 모험자들을 막아내진 못하니, 사람들은 개천처럼 손쉽게 넘어서 아름다운 포오셔 양을 만나러 오고 있잖는가……. 이 셋 중 하나의 궤 속에 그녀의 선녀 같은 초상이 들어 있다는데, 과연 납의 궤 속에 들어 있을 수 있을까? 지옥에라도 떨어지려거든 그런 야비한 상상을 하라구……. 납궤는 캄캄한 무덤 속에다 그녀의 수의를 담아서 넣어 두기에조차도 너무나 조잡한 물건 아닌가. 그럼 은궤 속에 들어 있다고 생각할 수 있을까. 세련된 금보다는 십분지 일의 가치밖에 없는 은궤 속에? 이건 상상만 해도 무서운 일이다! 저렇게도 값진 보석이

금 이하의 궤 속에 들어 있던 일도 있었던가……. 영국에는 천사의 모양을 박아 놓은 금화가 있다지만, 그건 표면에 새겨 있을 뿐인데, 여기 천사님은 황금의 침대 속에 누워 있잖겠는가……. 자, 열쇠를 이리 주시오. 이것을 고르겠소, 제발 소원 성취를 바라면서!

포오셔 자, 열쇠는 여기 있어요. 그 궤 속에 저의 초상이 들어 있다면 전 당신의 것입니다. (모로코 왕은 금의 궤를 연다)

모로코 왕 에잇, 망할 것! 이게 뭐냐? 더러운 해골바가지로구나. 움푹 꺼진 눈 속에는 족자가 끼어 있네. 무엇인가 씌어 있군. 어디, 읽어 보자.

> 빛나는 것 다 금이 아니다,
> 그 말 종종 들었으리라.
> 나의 외관에 홀려서,
> 목숨을 판 사람도 많다.
> 황금 무덤에 구더기 구물거린다…….
> 그렇게 대담하듯이 현명하고,
> 사지가 젊고, 판단이 노숙했다면,
> 이런 족자의 답은 안 받았을 것을…….
> 잘 가오, 그대의 소원은 차디차오.

참 차디차구나, 허탕만 쳤구나. 그럼 정열아, 자 가자. 그리고 서리야, 내려라. 포오셔 양, 안녕히 계십시

오! 너무나 가슴이 아파서 작별인사를 길게 할 수
도 없습니다. 이것이 패자의 작별입니다. (시종을 거
느리고 퇴장)

포오셔 손쉽게 떼어 버렸구나. 자, 막을 치고 들어가자.
그분 같은 얼굴색을 한 사람은 다들 그렇게 고르려
무나.

모두 퇴장.

제 8 장

베니스의 거리.
살레리오와 솔라니오 등장.

살레리오 여보게, 바사니오는 출항했네. 그레시아노도 같이 떠나갔네. 그런데 로렌소는 확실히 그 배에 타지 않았어.

솔라니오 그 망할 유태놈이 아우성을 쳐서 마침내 공작님까지 깨워 놓았어. 그래서 공작님도 그놈과 함께 바사니오의 배를 찾으러 가셨다네.

살레리오 그건 사또 지난 후의 나팔이야, 배는 벌써 떠나고 없으니까. 허나 공작님께 마침 이런 보고가 들어왔지. 로렌소와 애인 제시커가 둘이서 곤돌라를 타고 있더라는 거야. 뿐만 아니라 이들이 바사니오의 배에 편승해 있지 않다는 것을 안토니오도 증언했다네.

솔라니오 그 개새끼 같은 유태놈이 한길에서 온통 정신을 잃고, 기괴망측하게 성이 나서 악을 쓰며 펄펄 뛰는데, 그런 광경을 난 첨 봤어. '내 딸! 오, 내 돈! 오, 내 딸년! 예수쟁이와 달아났구나! 오, 예수

쟁이가 가져간 내 돈! 재판이다! 법률이다! 내 돈,
내 딸년! 꽉 매둔 돈주머니를, 두 개의 돈주머니를,
큼지막한 금화들이 들어 있는데, 딸년이 훔쳐가 버
렸어! 그리고 보석도…… 두 개나, 값지고 귀한 보
석인데, 딸년이 훔쳐가 버렸어! 재판이다! 그년을
찾아내라! 그년이 가지고 있다. 보석도 돈도!' 이렇
게 말이야.

살레리오 음, 베니스의 애들은 죄다 그놈의 뒤를 줄줄
쫓아다니면서, 내 보석, 내 딸년, 내 돈 하고 소리를
지르고 있네.

솔라니오 안토니오보고도 약속 기일만은 꼭 지키도록
해야 하네. 안 지킨다면 큰코 다치게 되네.

살레리오 음, 참, 어저께 내가 어떤 프랑스인을 만나서
얘길 했는데, 그분 말에 의하면 프랑스와 영국 사이
의 저 해협에서 화물을 잔뜩 실은 우리 나라 배가
한 척 난파당했다네. 그 얘기에 난 안토니오가 연상
돼서, 그분의 배가 아니기만 속으로 바라지 뭐야.

솔라니오 안토니오에게 이야기하는 것이 좋지 않을까
……. 그러나 불쑥 얘기하진 말게. 괜히 걱정을 끼
치게 해선 안 되니까.

살레리오 이 세상에 그렇게 착한 분은 둘도 없네. 바사

니오와 안토니오가 작별하는 광경을 보았지만, 바
사니오가 되도록 빨리 돌아오겠다고 하니까, 안토
니오가 이렇게 대답하더군. '서두르진 말게. 여보게,
나 때문에 일을 소홀히 하진 말고, 시기가 익을 때
까지 기다리게. 그리고 내가 유태인에게 써준 차용
증서건은 행여나 염두에 두지 말게. 연심에 가득
찬 자네 아닌가. 유쾌하게 마음을 갖고 전심전력
구혼에 힘쓰란 말이야. 그곳에서 가장 적당하다고
생각되는 사랑의 표현을 하도록 맘을 쓰란 말이야.'
이렇게 말하면서 두 눈에 눈물이 꽉 차게 되니까,
얼굴을 돌리고는 손을 뒤로 내밀어서, 무한한 우정
에 넘치는 듯 바사니오의 손을 꽉 쥐어 잡겠지. 그
러고 나선 작별하데.

솔라니오 아마 그분은 오직 바사니오 때문에 세상에
산 보람을 느끼고 있을 거네. 여보게, 우리 같이 가
서 그분을 찾아내 가지고, 무슨 위안의 말이라도
해서, 그분의 울적한 기분을 풀어 주도록 해보세.

살레리오 그렇게 하세.

모두 퇴장.

제 9 장

벨몬트, 포오셔의 집 홀.
하인 한 사람이 막 앞에 서 있다. 네리사가 황급히 등장.

네리사 어서, 제발 어서…… 빨랑 막을 열어요. 애러곤
왕께서 서약이 끝났으니까, 궤를 고르러 곧 오실
거예요. (막이 열린다)

포오셔, 애러곤 왕, 시종들 등장.

포오셔 보세요, 전하. 저기 궤가 있어요. 저의 초상이
들어 있는 궤를 골라내시면, 우리들의 결혼식은 즉
시 거행될 거예요. 하지만 실패하시면, 아무 말씀
말고 곧 이곳을 떠나셔야 합니다.

애러곤 왕 나는 세 가지 조건을 지키겠다고 맹세를 했
소! 첫째 내가 고른 궤를 아무에게도 말하지 말 것,
둘째 내가 바른 궤를 고르지 못할 경우엔 앞으로
일평생 처녀에게 구혼을 하지 말 것, 끝으로 불행히
도 선택에 실패할 경우엔 작별하고 이곳을 떠날 것.

포오셔 이만한 조건은 보잘것없는 이 여자를 위해서
운명을 걸어 오는 분은 누구나 다 맹세해야 하는

조건입니다.

애러곤 왕 물론 나도 그렇게 각오하고 있소. 이 마음의
희망에 행운이 오기를! (궤를 낱낱이 조사해 본다) 금
과 은과 천한 납…… ‘나를 고르는 자는 재산을 다
내놓고 운명에 걸게 되리라’고. 모양이 좀더 아름답
지 않고서야 이런 것에 누가 재산을 다 내놓고 운
명을 건단 말이냐……. ‘나를 고르는 자는 만인이
소원하는 것을 얻으리라’고. 만인이 소원하는 것이
라고…… 이 만인이라는 것은 아마 어리석은 대중
을 의미하는 것이겠지. 대중들이란 외관만으로 선
택을 하고, 바보 같은 눈이 가리키는 것밖에 알지
못하며, 내부를 들여다보질 않거든. 흡사 제비가 비
바람 들이치는 외벽에다, 더구나 재앙의 길 한복판
에다 일부러 집을 짓는 것처럼. 그러니 난 만인이
소원하는 것을 고르지 않겠다. 어중이떼들과 같이
날뛰고 싶지도 않고, 무지몽매한 군중들과 어깨를
나란히 하고 싶지도 않으니 말이다……. 그럼 자,
은의 보고(寶庫)여, 네 위에 씌어진 문구를 한번 보
자꾸나. ‘나를 고르는 자는 신분에 응당한 것을 얻
으리라’고 좋은 문구다. 이렇다 할 실력도 없는 주
제에 요행을 노리고 영예를 얻으려고 해봤자 그게

될소리냐 말이다. 과분한 지위를 탐내서는 안 되지
……. 정말이지 신분이니 계급이니 관직은 부당한
수단으로 얻어지지 않아야 할 것이며, 청백한 명예
는 당사자의 실력으로만 얻어져야 할 것 아닌가—
그렇게만 되면, 맨머리로 있는 사람이 얼마나 많이
모자를 쓰게 될 것인고……. 지금 남을 지배하고
있는 사람이 얼마나 많이 지배를 받게 될 것이고.
고귀한 가문의 태생 중에서도, 골라내 보면 천한
농군 같은 것들이 얼마나 많이 있을 것인고! 그리
고 반대로 지금 세상의 껍질과 쓰레기 중에서도,
얼마나 많이 영예로운 사람들이 나타나서 새로운
광채를 띠게 될 것인고……. 자, 이제는 내 것을 고
르자꾸나……. '나를 고르는 자는 신분에 응당한 것
을 얻으리라'고. 그럼, 내 신분에 응당한 것을 받기
로 하자. (은궤를 짚는다) 자, 열쇠를 이리 주시오. 자,
당장 내 운명을 열어 보겠으니까. (궤를 열어 보고 깜
짝 놀라 한 걸음 물러선다.)

포오셔　그렇게 오래 생각하셨는데, 겨우 그런 것이.

애러곤 왕　이게 뭐냐? 아니, 바보가 눈을 껌벅이며 금
　　발을 내밀고 있는 그림이 아닌가……. 어디 읽어
　　보자…… 하지만 어쩌면 이렇게도 포오셔와는 딴판

이냐……. 어쩌면 이렇게도 나의 희망과 가치와는 거리가 머냐……. '나를 고르는 자는 신분에 응당한 것을 얻으리라'고. 그래 내 가치가 이 바보의 머리빡만도 못하단 말인가? 이게 내가 받을 상이란 말인가? 내 가치가 겨우 요것밖에 안 된단 말인가?

포오셔 성내는 것과 판단하는 것은 그 직책이 달라요. 아니, 정반대되는 성질의 것이에요.

애러곤 왕 (종이를 펴본다) 어디 보자.

    일곱 번 불에 달군 은궤……
    판단 또한 일곱 번 단련되어야만,
    선택에는 틀림이 없었을 것을.
    세상에는 그림자에 입을 맞추고,
    그림자 같은 행복만을 얻는 자도 있더라.
    세상에는 은으로 겉치레한 바보도 있더라…….
    이도 그 하나였다…….
    너 어떤 아내를 침실로 데리고 가더라도,
    내 영원히 네 머리가 되리라.
    속히 떠나라, 네 일은 끝났느니라.

이곳에서 망설이면 망설일수록 난 더욱 더 바보같이 보일 테지. 구혼하러 올 때는 바보머리 하나가, 떠날 때는 두 개가 되었군……. 그럼 안녕히 계시오……. 맹세는 지키고, 분한 마음은 꾹 참겠소. (시종을 데리고 퇴장)

포오셔 나비가 촛불에 뛰어드는 격이지. 오, 짓궂은 바
보들 같으니……. 너무나 꾀를 내서 고르다가, 도리
어 실패하고 마는 꼬락서니라니.

네리사 옛 속담에도 사형과 결혼은 운명이라잖아요. 그
말이 참 맞지요.

포오셔 자, 네리사야, 막을 쳐라. (막을 친다)

하인 등장.

하 인 주인 아가씬 어디 계십니까?

포오셔 여기 있다……. 무슨 용무냐?

하 인 아가씨, 지금 막 문전에 젊은 베니스 분이 말에
서 내렸는뎁쇼. 그분은 자기 주인이 오시는 것을
미리 알리러 왔다나요. 그분은 자기 주인의 정중한
안부 말씀 이외에, 눈에 보이는 인사를, 글쎄 값진
선물들을 가져왔더구먼요……. 사랑의 사신치고 그
분같이 어울리는 분은 처음 봤습네다. 화려한 여름
철이 쉬 찾아올 것을 미리 알리는 춘사월의 날이
아무리 상쾌하게 찾아온다 할지라도 자기 주인에
앞서 온 이분보다는 어림없죠.

포오셔 제발 그만해 둬. 네가 있는 지혜를 죄다 짜내
가지고 그분을 칭찬하는 걸 보니, 조금 있으면 그

분이 네 친척이라는 말이 네 입에서 나올까 봐 무섭구나……. 애, 네리사야, 나가 보아라. 그렇게도 점잖게 이곳을 찾아온 큐피드의 사자(使者)라면 나도 얼른 만나보고 싶구나.

네리사 사랑의 신이여. 제발 바사니오이시기를!

모두 퇴장.

제 3 막

제 1 장

샤일록의 집 앞 거리.
솔라니오와 살레리오 등장.

솔라니오　그런데, 거래소에서 무슨 소식이라도?

살레리오　아주 대단한 소문이던데 그래. 화물을 만재한 안토니오의 배가 해협에서 파선당했다는 소문 말이네. 장소는 구드윈이라지 아마…… 어찌나 험한 여울이던지, 큰 배들이 무척 많이 송장같이 파묻혀 있다나. 하기야 이건 뜬소문이니까, 소문쟁이 노파 말이 정직하다고 쳐서 말이네만.

솔라니오　그게 제발 거짓말쟁이 노파였으면 좋겠네만. 글쎄 소문쟁이 노파가 생강을 씹었다고 말해도, 또는 세번째 영감이 죽어서 울었다고 말해도, 아무도 그런 말은 곧이 들실 않으니 말이야……. 그러나 사실인즉, 기다란 얘기며, 탄탄대로를 걷는 것 같은 얘기는 일체 빼고 말이지만, 저 친절한 안토니오가, 글쎄 저 정직한 안토니오가…… 원, 뭐라구 불러야 그 사람 이름에 맞는 적당한 칭호가 될까…….

살레리오　자, 어서 얘기 끝을 맺게.

솔라니오   뭐, 어째? 글쎄 결말을 말하면, 그분이 배 한 척을 손실했다네.

살레리오   제발 그분의 손실이 그것으로 끝났으면 좋겠네만.

솔라니오   나도 어서 '아멘'해 두겠네, 악마한테 기도를 방해받아선 안 되니까. 유태인의 탈을 쓴 악마가 오네그려…….

샤일록이 집에서 나온다.

솔라니오   여보 샤일록, 상인들 간에 무슨 새 소식이라도?

샤일록   (돌아다보면서) 당신네들이 알지, 잘 알지. 누구보다도 잘 알지. 내 딸년이 달아난 것 말이오.

살레리오   사실이오. 나로 말하더라도 당신 딸이 입고 날아간 날개를 맞춰 준 양복집을 아니까.

솔라니오   그런데·샤일록님도, 새끼새에 날개가 생겼다는 것쯤은 알 것 아니오. 그런데 새는 어미새를 떠나는 것이 천성이거든요.

샤일록   망할년 같으니…….

살레리오   망할년이지, 악마의 눈으로 판단한다면.

샤일록   내 혈육이 날 배반하다니……

솔라니오 아니, 원, 그 나이에도 혈육이 배반을 다 하우?

샤일록 아니, 딸년이 내 혈육이란 뜻이오.

살레리오 하지만, 당신의 살과 딸의 살은 흑옥과 상아보다 더 많은 차이가 있소. 당신의 피와 딸의 피만 하더라도 적포도주와 백포도주 사이처럼 사돈의 팔촌이오……. 그건 그렇고, 여보! 안토니오가 해상에서 무슨 손해를 입었다는 그런 소문을 듣지는 않았소?

샤일록 아이구, 난 또 한 번 거래를 잘못했군…… 파산자, 낭비쟁이 같으니, 이젠 거래소에 감히 얼굴도 못 내밀 것 아닌가. 거지 같은 자식이 요전까지도 제법 멋을 내고 시장엘 드나들었것다……. 그 증서나 잊지 말라지! 그 자식이 날 보면 고리대금업자라고 불렀것다. 홍, 그 증서나 잊지 말라지! 그 자식이 예수쟁이들의 친절이라며 돈을 그저 꿔주곤 했것다. 홍, 그 증서나 잊지 말라지!

살레리오 그런데, 그분이 위약을 하더라도, 그분의 살을 벌금으로 받거나 하진 않으실 테지요? 그 살을 가져다 뭘 하겠소?

샤일록 미끼로 쓰지! 아무 쓸데가 없더라도, 내 복수심은 만족되고말고…… 그 자식은 날 모욕하고, 오십만 더커트나 이익 볼 것을 방해했어. 그리고 내가 손해를 보면 조소하고, 이익을 보면 조롱했지. 우리 민족을 멸시하고, 내 거래를 방해 놓았것다. 친구는 떼놓고, 원수는 충동질했것다. 대체 무슨 까닭에? 내가 유태인이기 때문이지……. 그래 유태인은 눈이 없나? 아니 유태인은 오장이, 육체가, 감각이, 감정이, 정열이 없단 말인가? 같은 음식을 먹고, 같은 연장에 다치고, 같은 병에 걸리고, 같은 약에 낫고, 겨울은 춥고, 여름은 더워. 어디가 예수쟁이들과 다르단 말인가? 찔려도 우린 피가 안 난단 말인가? 간질려도 웃지 않는단 말인가? 딴것들이 죄 당신네나 한가지라면, 이 일에 있어도 한가질 것 아니오……. 가령 유태인이 기독교도를 모욕했다고 합시다. 기독교도의 관용은 뭐겠소? 복수요. 그렇다면 기독교도가 유태인을 모욕한 경우, 기독교를 본뜬다면 유태인은 어떤 인내를 해야 옳겠소? 물론 복수요. 당신네들이 가르쳐 준 악행을 나도 실행하겠어. 모든 고난을 무릅쓰고라도 교훈 이상으로 철저히 실행하겠어.

하인이 등장하여 솔라니오와 살레리오에게 말한다.

하 인　두 분 양반, 저의 주인 안토니오님께서 돌아오셨는데 두 분을 뵙겠답니다.

살레리오 우리 쪽에서도 이곳 저곳을 무던히 찾고 다녔다네.

튜우벨이 샤일록의 집으로 오고 있다.

솔라니오 유태놈이 또 하나 오네그려……. 그런데, 저 놈을 당해 낼 만한 유태놈은 이 세상에 없네. 악마 자신이 유태인 탈이라도 쓰고 나타난다면 몰라도.
(솔라니오, 살레리오 퇴장)

샤일록 여보게, 튜우벨, 제노바에서 무슨 소식이? 그래 딸년은 찾아냈나?

튜우벨 소문이 난 곳곳마다 다 가봤지만 어디 찾을 수가 있어야지.

샤일록 아니, 저런. 다이아 보석이 없어졌어, 프랭크퍼트에서 이천 더커트나 주고 산 다이아 보석이……. 우리 민족에게 이렇게 천벌이 내릴 줄이야, 여지껏 난 몰랐네그려……. 다이아몬드만 해도 이친 더커트나 되고, 이밖에도 갖가지 귀한 보석들이. 제기, 그년이 내 발목 밑에서 뒈져 버려도 좋으니까, 보석들이나 그년 뒤에 남아 있으면…… 내 발목 밑에서 그년이 입관돼도 좋으니까, 돈이나 관 속에

들어 있었으면…… 그래 아무 소식도 없어? 원, 제
기…… 찾느라고 얼마나 돈이 들었는지 나도 모르
겠어. 원, 손해는 설상가상이구먼, 도둑년 찾느라고
손해, 마음대로 일도 안 되고 분풀이도 못하고. 불
행이란 불행은 죄다 내 어깨 위에 내려와 앉고, 한
숨이란 한숨은 죄다 내가 쉬는 한숨이고, 눈물이란
눈물은 죄다 내 눈에서 쏟아져 나오고.

튜우벨 아냐, 불행한 사람은 자네 외에 또 있네. 제노
바에서 들은 얘긴데, 안토니오가…….

샤일록 뭐, 아니 뭐? 불행이 있었어, 불행이?

튜우벨 상선이 한 척 파선당했다네, 트리폴리에서 오는
길에.

샤일록 아이구 고마워라, 고마워…… 그래 참말인가,
정말?

튜우벨 그 난파선에서 살아 나왔다는 선원들을 두세
명 만나서 얘기해 봤네.

샤일록 고마우이, 튜우벨. 참 고소한 소식이야, 고소한 소
식. 하, 하, 그래 어디서 들었나, 제노바에서 들었나?

튜우벨 자네 딸이 제노바에서, 글쎄 하룻밤에 팔십 더
커트를 썼다나.

샤일록 자넨 내 가슴을 칼로 찌르네그려. 그 돈은 영영

그만이구먼……. 팔십 더커트라니, 앉은 자리에서…
… 팔십 더커트나.

튜우벨 베니스로 오는 길에, 안토니오의 채권자 몇 명
과 동행했는데, 이번에 그치는 파산을 면치 못할
것이라고 다들 그러더군.

샤일록 아이구 기뻐라. 그놈, 욕을 좀 보여 주고 혼을
내줘야지. 아무튼 기뻐.

튜우벨 그런데 그 채권자 한 사람이 내게 반지를 보여
주더군. 원숭이 한 마리를 주고 자네 딸한테서 얻
은 것이라나.

샤일록 제기랄 년 같으니……. 여보게 튜우벨, 날 그만
못살게 굴게……. 그건 내 터키 보석 반지네…….
그건 총각 시절에 리어한테서 선사받은 물건이지
만, 나로선 몇천 만 마리의 원숭이하고도 바꾸진
않을 물건이네.

튜우벨 그러나 안토니오가 망할 것만은 확실한 모양이야.

샤일록 그렇고말고, 그건 사실이야. 튜우벨, 자넨 사서
돈으로 관리를 한 명 매수해 놓게. 이 주일 전부터
부탁해 두는 거야. 그놈이 위약만 해봐라. 그놈의
염통을 도려내지 않을까 보냐. 그놈만이 베니스에
서 없어지면 난 무슨 장사라도 마음대로 할 수 있

게 될 것 아닌가. 자, 가보게 튜우벨. 그리고 나중
에 우리네 예배당에서 만나서…… 어서 가보게, 튜
우벨…… 예배당에서, 알겠나. (두 사람 퇴장)

제 2 장

벨몬트. 포오셔의 집 홀.
궤 앞의 막은 열려 있다. 복도에는 악대가 대기하고 있다. 바사니
오, 포오셔, 그레시아노, 네리사, 이밖에 시종과 하인들 등장.

포오셔   제발 서두르지 마시고 하루 이틀 계시다가 운
       명을 시험하세요, 네. 잘못 고르시는 날엔 당신과
       작별하게 돼야 하니 말예요. 그러니 잠시만 참으세
       요. 사랑은 아니지만, 어쩐지 당신과 헤어지기가 싫
       은 것만 같아요. 미운 정은 그런 조언을 절대로 하
       지는 않을 거예요. 그러나 당신께서 제 맘을 이해
       못하시지나 않을까 하여…… 그래도 처녀의 맘은
       생각뿐이지 발표는 못해서…… 그러니 저를 위해서
       도 운명을 시험하시기 전에 한두 달 이곳에 머무르
       시게 하고 싶어요…… 어떤 궤를 고르시라고 가르
       쳐 드릴 수도 있지만, 그러면 제가 맹세를 깨뜨리
       게 되니, 가르쳐 드릴 수는 없어요. 그러나 내버려
       두면 잘못 고르실는지도 몰라요. 그렇게 되면 맹세
       를 깨뜨렸으면 좋았을 것을 하고 전 죄많은 것을
       생각하게 되는지도 몰라요……. 아, 원망스러워라,

당신의 그 두 눈. 그 눈에 사로잡혀서 제 맘은 두
조각이 났어요. 한 조각은 당신의 것, 다른 한 조각
도 당신의 것……. 아니 제 것이긴 하면서도 제것
은 역시 당신의 것, 그러니 결국은 죄다 당신의 것
이에요……. 아, 이 망측한 세상 좀 보게, 소유주의
정당한 권리를 가로막다니……. 그러기에 당신의
것도 당신의 것이 되지 못하고 있지요. 그렇게 되
면…… 운명이 지옥에 떨어져야 해요, 제가 아니라
요……. 제 말이 너무 길었어요. 그러나 이것도 시
간에 추를 달아 시간을 늘이고 질질 끌어서 궤 고
르길 지체시키고 싶은 마음에서예요.

바사니오 어서 고르게 해주시오. 지금 같아선 고문대에
걸려 있는 셈이니까.

포오셔 고문대라고요, 바사니오님? 그렇다면 어서 자
백하세요, 당신의 사랑 속에 어떤 거짓이 섞여 있
는지 말예요.

바사니오 거짓이라뇨, 다만 당신의 사랑을 놓치지나 않
을까 하는 저 추악한 의혹심밖에는 없습니다. 내
사랑에 거짓이 있다면 눈[雪]과 불[火]사이에도 애
정과 생명이 있을 것입니다.

포오셔 그렇지만 그 말씀, 고문대 위에서 하시는 것은
아니예요. 고문대에 서면 무슨 말이나 다 하니까요.

바사이오 살려 주시겠다고만 약속해 주시오. 그러면 진
실을 고백하리다.

포오셔 자, 그럼 고백을 하세요, 살려 드리겠으니.

바사니오 "고백하지만 사랑합니다", 이것이 내가 고백
하고 싶은 전부입니다. 이 얼마나 복스러운 고문이
냐, 구원될 방법을 고문자 쪽에서 가르쳐 주시다니
…… 자, 이제 운명의 궤를 고르게 해주시오.

포오셔 그럼 가세요. 저기 어떤 궤 속에 제가 들어 있
어요. 진정으로 사랑하심 절 맞혀 내실 거예요. 네
리사야, 그리고 딴 사람들도 저만큼 물러서 있거라.
그리고 이분께서 궤를 고르시는 동안 음악을 울리
도록 해요. 그래야, 실패하심 백조의 최후처럼 음악
속에 사라지실 게 아니냐. (하인 한 사람만 지켜서고,
모두 복도로 간다.) 좀더 절실한 비유를 한다면, 이 눈
이 강물이 되어 이분에게 물 속의 죽음의 자리가
될 것 아니냐……. 성공하실는지도 모르지. 그때는
음악이 무슨 역할을 할까? 그렇지, 그때 음악은 충
성된 백성들이 새로 등극한 임금을 보고 절할 때
울리는 우렁찬 나팔 소리와도 같은 게 아니겠는가.

또는 결혼식 날 새벽, 꿈꾸는 신랑의 귀 속에 살며
시 찾아와서, 식장으로 불러내는 저 달콤한 음악과
도 같은 것 아니겠는가. 이제 고르러 나가시네. 아
우성치는 트로이 왕이 바다의 괴물에게 바친 제물
이 된 처녀를 찾으러 간 젊은 헤라클레스에 못지않
게 용감하게, 그리고 그보다도 더한 애정을 가지고
서. 난 그 제물, 그리고 저기 저 여자들은 눈물에
젖은 얼굴로 용무의 결과를 보러 나온 다아데니어
의 부인네들이고……. 가세요, 헤라클레스! 당신이
살아야만 저도 살아요. 승부를 하고 계시는 당신보
다도, 보고 있는 제 마음이 훨씬 더 괴로워요. (음악,
그 동안 바사니오는 궤를 보고 혼자 궁리한다)

사랑이 자라는 곳 어디뇨?
가슴 속 깊은 덴가, 머릿속인가?
어떻게 낳고 뭘 먹고 자라나?
대답을 해라, 대답을 해.
사랑이 자라는 곳, 사람의 눈 속,
눈 속에 자라지만 금방 죽어 버리네……
누워 있는 요람 속에서.
자, 치세, 사랑의 조종을……,

모 두 이렇게 치세, 딩동, 벨.

바사니오 그러니까 겉과 속이 전혀 다를 수도 있지. 세
상은 늘 허식에 속고만 있거든. 재판에서는 내용이

아무리 썩고 곪은 소송이라도 교묘한 말로 양념을 하면 악행의 외관이 가려지거든. 종교를 보더라도, 무서운 이단설도 엄숙한 얼굴로 축복을 하고 경전(經典)을 인용하여 증명을 하면, 어떠한 모독도 아름다운 허식으로 은폐돼 버리잖는가. 아무리 하찮은 악덕이라도 외관만은 그럴듯한 미덕의 표지를 가장하지 않는가. 모래를 쌓아 올린 계단처럼 담력이 약한 세상의 겁쟁이들도 턱에는 헤라클레스 장사나, 눈살 찌푸린 마르스 군신 같은 수염을 달고 있지만, 속을 들여다보면 간(肝)은 우유같이 희기만 한 주제에, 이것들은 무섭게 보이려고 장사인 체 겉치레를 한 것이것다……. 미인을 보더라도, 그건 저울의 근대로 매매가 되지 않느냐 말이다. 글쎄 여기서는 근대로 기적이 행해지는 만큼, 가장 무서운 화장을 하는 여자일수록 가장 가벼운 여자란 말이야. 그렇지, 이름난 미인의 머리에서 바람과 음탕하게 희롱하고 있는 저 뱀 같은 황금(黃金)이 고수머리칼도, 알고 보면 죽은 사람 머리의 유물이고, 그 금발의 주인공은 해골이 되어 무덤에 누워 있는 수도 흔히 있지 않은가. 그러니 허식이란 건 사람을 마의 바다로 꾀는 가짜 해안이오, 인디언 미인의 얼굴을 가리는 아름다운 면사포이기도 하다. 요컨대 허식이라는 건, 이 교활한 시대가 몸에 지니고 현자(賢者)를 꾀어 잡는 외관만의 진실이 아닌가……. 그러니까 찬란한 황금, 욕심쟁이 마이더스 왕도 주체하지 못했다는 탄탄한 음식 황금, 너는 내게 소용이 없다. 그리고 너, 창백한 낯바대기를 하고서 사람과 사람 사이에 천역을 하고 다니는 은도 그렇고. 그러나 보잘것없는 납아, 희망을 약속해 준다기보다는 사람을 위협하고 있는 것만 같아도, 네 솔직함이 웅변보다도 더 내 마음을 움직여 놓는구나. 자 이것으로 고르자! 부디 기쁜 결과가 오기를! (하인, 열쇠를 내준다)

포오셔 (방백) 갖가지 의심이며, 경솔하게 품은 절망이며, 벌벌 떨리는 공포며, 눈이 파래지는 질투 등등. 모든 감정이란 감정이 어쩌면 다 이리 공중으로 흩날려져 버릴까. 아, 사랑아! 좀 진정하고, 흥분하지 말아라. 기쁨의 비도 적당히 내려줘 다오, 너무 과하지 말고—행복감을 이겨내지 못할 것만 같군.—좀 덜해 줘요, 행복에 식상(食傷)하면 안 되니까!

바사니오 (납궤를 연다) 이건 뭐냐? 오, 포오셔의 초상이구나……. 입신의 화필이 아니고서야, 어떻게 이렇

게까지? 눈이 움직이나 보다! 아니, 내 눈동자에 비
쳐나서 움직이는 듯이 보이는 것이냐? 벌려진 이
입술, 사탕 같은 입김에 벌어져 있구나……. 이렇게
도 다정한 두 입술은 이처럼 향기로운 입김이라야
떼어 놓을 수 있겠지. 이 머리카락은 화가가 거미
가 되어 이같이 황금의 그물을 쳐놓았는가 보다,
거미줄에 걸려드는 모기보다 더 꽉 남자의 마음을
잡아 놓고서……. 그러나 이 눈! 이것을 그린 화가
의 눈이 대체 끝까지 멀쩡할 수 있었을까? 한 눈을
그려 놓자 화가는 두 눈 다 시력을 빼앗기고, 그림
에는 더 이상 손을 대지 못하고 만 것 아닐까. 그러
나 내 아무리 칭찬해 봐도 칭찬의 말을 가지고는
오히려 이 그림에게는 모욕이 되듯이, 이 초상 또
한 실물하고는 천양지차가 있지 않는가……. 종이
가 있구나, 내 운명의 총결산이 씌어진 종이가.

눈으로 고르지 않은 사람은
늘 행복하고 옳게 고른다.
이 행복 네 것이 되었으니,
이제 만족하고, 새 것 찾지 말아라.
이제 이를 기뻐하고
이 행복을 천복으로 여긴다면,
저 여인에게로 가서,
사랑의 키스를 하고 구혼을 하라.

친절한 글발이다……. (포오셔를 보며) 아가씨, 실례
지만 그럼 이 글발대로 드릴 것을 드리고 받을 것
을 받겠습니다. 상대방과 상품을 다투는 사람이 관
중 앞에서 잘 싸웠다고 생각하면서도, 박수갈채와
아우성 소리에 정신이 아찔하여, 과연 폭풍 같은
칭찬이 자기를 위한 것인지 하고, 한참 동안 어리
둥절해 하는 기분으로. 아가씨, 지금 내가 바로 그
렇습니다. 아가씨의 확인과 서명과 조인이 있기 전
에는 눈앞의 것이 죄다 얼떨떨하고, 정신이 멍멍할
뿐입니다.

포오셔　바사니오님, 이 여자는 보시는 바와 같은 사람
이에요. 그것도 저 혼자만을 위한다면 이 세상 더
훌륭하기를 바라진 않겠어요. 그러나 당신을 위해
서 지금보다 삼십 배의 세 곱이나 더 훌륭한 인간
이, 천 배나 더 예쁜 여자가, 만 배나 더 부자가 됐
으면 싶어요. 오직 당신의 높은 평가를 받고 싶어
서 덕이나 미나 재산이나 친구에 있어, 훨씬 더 훌
륭한 인간이 됐으면 해요. 하지만 지금의 저로선
죄다 해봐야 별게 아니에요…… 한 마디로 말씀드
리면, 버릇 없고 교양 없고 경험도 없는 계집이에
요. 하지만 다행한 것은 배우지 못할 만큼 나이를

먼진 않았어요. 이것보다도 더 다행한 것은 천성이 배우지 못할 정도로 둔한 여자는 아니예요. 그리고 뭣보다도 다행한 것은 성질이 온순한 만큼, 모든 것을 내맡기고 당신을 저의 주인, 지배자, 왕으로 섬기고 당신의 지도를 받을 수 있어요. (키스를 한다.) 제 자신이며, 재산이며, 이제는 모두 당신 것이 됐어요. 이때까지는 제가 이 집의 주인이고, 하인의 주인이고, 제 자신의 여왕이었지만, 지금부터는, 지금 이 순간부터는 이 집이며, 하인들이며, 제 자신 등 모두 저의 주인이신 당신의 것이에요! 이 반지도 함께 드리겠어요. 만약 이걸 손에서 빼놓거나, 잃어버리거나, 남에게 주거나 하시는 경우엔 당신의 사랑이 깨진 증거로 알겠어요. 그러니 그때는 저도 가만히 있지는 않겠어요.

바사니오 포오셔, 나로선 이제 더 이상 할 말이 없소. 다만 내 혈관 속의 피만이 내 생각을 당신께 전달하고 있소. 내 모든 기능은 온통 혼란에 빠져 있수 마치 국민에게 경애받는 국왕이 무슨 열변을 하고 났을 때, 기뻐서 어쩔 바를 모르는 군중 사이에서 볼 수 있는 그런 혼란이랄까요. 글쎄 낱낱으론 의미 있는 말들이지만, 온통 뒤범벅돼 가지고 표현은 있었으나 잘 들리지는 않는, 기쁨의 소리 외에는 하나의 무의미한 잡음이 되어 버리는 그런 혼란 말이오. 그러나 이 반지가 내 손가락에서 떠나는 날은 내 가슴에서 내 생명이 떠나는 날이오……. 아, 그때는 서슴지 말고 이 바사니오는 죽었다고 말하시오.

네리사와 그레시아노가 다가온다.

네리사 서방님, 그리고 아씨, 지금까지 곁에 서서 소원 성취를 지켜보고만 있었지만, 저희들도 이제는 축하의 말씀을 올려야겠어요. 축하합니다, 서방님, 그리고 아씨!

그레시아노 바사니오 씨, 그리고 상냥한 아가씨, 나 같은 사람이 어디 축하할 말이 있겠소마는, 두 분께선 마음껏 기쁨을 누리시오. 그리고 두 분께서 백년해로의 가약을 맺으실 때는 나도 결혼을 하게 해주시오.

바사니오 좋다뿐인가, 상대만 골라 났다면.

그레시아노 고맙습니다. 덕분에 한 사람 골라 났습니다. (네리사의 손목을 잡고) 날쌔기론 내 눈도 노형 눈에 지지 않지요. 노형은 아가씰 보고 계시고, 난 시

녀를 보고 있었지요. 노형이 사랑에 넋이 빠져 있
는 동안에 나 역시 그러했지요. 노형처럼 나도 성
미가 급해서요. 노형의 운명이 저기 저 궤들에 좌
우된 것처럼, 사실은 내 운명 역시 그랬지요. 글쎄
진땀을 빼며 구애를 하며 입천장이 마를 정도의 사
랑의 맹세를 해서, 겨우 사랑의 약속을…… 이 약
속이 오래 갈는지 모르겠습니다만…… 이 아름다운
여인한테서 얻어낸 것입니다……. 노형이 다행히도
아가씰 맞혀 냈을 경우라는 조건부로요.

포오셔 그게 정말이니, 네리사야?

네리사 예, 아가씨께서 허락해 주신다면.

바사니오 그리고 그레시아노도 진정이겠지.

그레시아노 진정이다뿐이겠소.

바사니오 그럼, 우리들의 축연은 자네들의 결혼으로 더
욱더 빛나게 되겠네.

그레시아노 여보, 우리 저분들과 천 더커트를 걸고 첫
아들을 내기해 볼까.

네리사 아, 내기에 지실라구요?

그레시아노 그만두지, 그짓에 이기지 못한다면 내기에
도 질 것이니까…….

로렌소, 제시커, 살레리오 등장.

그레시아노 아니 이게 누구야? 로렌소와 유태인의 딸이
      아냐? 아니, 그리고 베니스의 친구 살레리오 아냐?

바사니오 로렌소, 그리고 살레리오, 어서 오게, 이 집의
      주인이 된 지 얼마 안 된 내가 환영할 자격이 있는
      지 모르지만 환영하네. (포오셔에게) 포오셔! 나의 동
      향 친구들이오, 환영해 줍시다.

포오셔 예, 저도 환영하겠어요. 참 잘 오셨어요.

로렌소 고맙습니다. 실은 노형을 뵐 계획은 아니었는
      데, 공교롭게도 도중에서 살레리오를 만나 그가 졸
      라대기에 차마 거절하지 못하고 같이 오게 됐지요.

살레리오 그렇습니다. 여기에는 이유가 있었습니다. 안
      토니오 씨께서 저 사람을 노형께 부탁하라고 하셨
      습니다. (편지를 바사니오에게 내준다)

바사니오 내가 이 편지를 뜯어 보기 전에 어서 얘기해
      주게, 내 친구 안토니오 소식을.

살레리오 그분은 병환이 나신 건 아닙니다. 마음은 말
      고요……. 별고 없지도 않으십니다, 마음은 말고요
      ……. 아무튼 이 편지를 보시면 요사이의 형편을
      잘 아시게 될 겁니다. (바사니오, 편지를 뜯는다)

그레시아노 여보, 저기 저 여자 손님 좀 부탁하오…….
      (네리사가 제시커를 맞는다. 그레시아노는 살레리오를 맞는

다) 자, 악수나 하세, 살레리오. 베니스의 형편은 어 떤가? 그리고 저 무역왕 안토니오 씨는 어떻게 지 내시던가? 그분이 우리들의 성공을 들으시면, 기뻐 하실 거야. 우리는 지금 그리스 제이슨같이 황금의 양모를 얻고야 말았네.

살레리오 글쎄 말이네, 그게 안토니오 씨가 잃은 황금 의 양모라면 좋겠네만. (두 사람은 한쪽으로 물러선다.)

포오셔 저 편지는 무슨 불길한 내용인가 보다, 저이의 얼굴빛이 저렇게 파리해지는 것을 보니……. 친한 동무라도 죽은 걸까, 안 그렇고서야 멀쩡한 대장부 가 세상에 저렇게 기색이 달라질 수 있을라고……. 아니 점점 더 나빠지네! (손으로 바사니오의 팔을 붙든 다.) 이보세요, 예…… 저는 당신의 반신이에요. 그 러니까 그 편지 내용의 절반은 당연히 저도 알아야 겠어요.

바사니오 아, 포오셔! 여기 이 몇 마디 말, 이렇게 불쾌 한 말이 종이에 씌어신 예는 힌 번도 없었을 것이 오. 여보, 포오셔! 애당초 사랑을 고백했을 때 나는 솔직히 말했지만, 내 혈관 속에 흐르는 피가 내 전 재산이오……. 신사요―신사라는 것―다만 그것뿐 이었소. 그러나 여보, 무일푼이라고 했지만, 실은 터무니없는 거짓말이었소. 재산이 무일푼이라고 했을 때, 실은 무일푼 이하라고 말했어야 했을 것이오. 사실은 비용을 마련하느라고 어떤 친구한테서 빚을 냈지요. 그런데 그 돈은 그 친구가 불공대천지 원수한테서 얻은 돈이었소.(음성이 가라앉으며) 자, 편지를 보시오. 이 종이는 내 친구의 육체랄까, 일언일구는 입을 벌린 상처 모양 생명의 피를 토하고 있구려. 그런데 사실인가, 살레리오? 그 사람의 사업이 모조리 실패란 말이. 그래 하나도 성공하지 못했단 말인가? 트리폴리에서, 멕시코와 영국에서, 리스본·바르바리·인디아 등지에서 아무 소식도 없단 말인가? 아니 저 무서운 암초에서 그래 한 척도 피해 내지 못했단 말인가?

살레리오 예, 한 척도. 어디 그뿐인가요. 지금 현금을 가지고 갚는다 해도, 그 유태놈은 받지 않을 모양입니다. 인두겁을 쓴 놈치고 그렇게 열심히 욕심 사납게 남을 망치려고 드는 자식은 처음 봤습니다. 글쎄 조석으로 공작님을 성가시게 졸라대고, 정당히 재판을 안 해주면 베니스에 자유가 어디 있느냐고 떠들겠다나요. 수많은 상인이며, 공작님이며, 여러 명사들이 아무리 달래 봐도, 벌금을 내라느니

증서대로 재판을 해달라느니 버티면서 그 잔인한
소청을 굽히지 않는답니다.

제시커 제가 집에 있었을 적 얘기지만, 아버지가 동족
인 튜우벨 씨와 츄우즈 씨에게 이렇게 맹세하곤 하
는 것을 들었어요. 빚 준 돈의 이십 배를 해와도 받
지 않고, 기어이 안토니오의 살을 베어 갖겠다고
말예요. 그러니 여보세요, 법률이나 세력이나 관권
으로 막아내지 않으면 가엾게도 안토니오님은 화를
입고 말 것만 같아요.

포오셔 그렇게 궁지에 빠진 분이 당신의 친한 친구분
이신가요?

바사니오 제일 친한 친구요. 마음씨가 착하고 인품이
고결하고, 그리고 남을 위한 일이라면 지칠 줄을
모르는 사람이오. 그 사람이야말로 이탈리아 천지
에서 누구보다도 고대 로마 정신을 체득해 있는 사
람이라 해도 좋을 것이오.

포오셔 유태인한테 진 빚은 얼마나 되죠?

바사니오 삼천 더커트요. 나 때문이오.

포오셔 겨우 그것뿐인가요? 육천 더커트를 지불하고
증서를 말소시키지요. 아니, 그 두 배, 세 배를 지
불해서라도, 그런 친구분을 당신 실수 때문에 머리

칼 하나라도 잃게 해선 안 돼요. 무엇보다도 우선 교회로 가서서 절 아내라 불러 주세요. 그리고 나서 당장 친구분을 찾아 베니스로 떠나세요. 불안스런 마음을 지니고 이 포오셔 곁에 누우셔선 안 되니까요. 그까짓 빚쯤 이십 배라도 갚을 만한 돈을 해 드릴게요. 다 청산하시거든 그 친구분을 모시고 오세요. 그 동안 저와 네리사는 처녀나 과부같이 지내겠어요……. 자, 가세요! 결혼식이 끝나면 곧 떠나셔야 하니까요. 자, 친구분들을 대접하시고 즐거운 얼굴을 하세요. 비싼 값을 치르고 겨우 제 것이 된 당신이니까 애지중지 해드려야죠. 그럼, 친구분한테서 온 그 편지를 좀 읽어 주세요.

바사니오 (읽는다.) '친애하는 바사니오 군, 나의 상선은 전부 파선되고, 채권자들은 점점 더 박정해지고, 사태는 극히 악화되고 있소. 그리고 유태인에 대한 그 증서 역시 기한을 경과했소. 이 채무를 이행한다면 나는 도저히 살아날 길이 없을 것이니, 생전에 한 번 귀군을 만나볼 수 있다면 귀군과 나 사이의 채무 관계는 일체 청산되겠소. 그러나 귀군의 형편에 따라 행동해 주기 바라오……. 만약에 귀군의 우정이 오기를 불허한다면, 이 편지에는 개의치

말기를 바라오.'

포오셔 아, 여보! 어서 일을 마치시고 곧 떠나세요.

바사니오 떠나라는 허락을 얻었으니 빨리 떠나겠소. 그
러나 다녀올 때까지는 그 어떤 침실에도 절대로 머
무르진 않겠소. 어떤 휴식으로도 당신과 나와의 재
회를 지체케 하지는 않겠소. (모두, 황황히 퇴장)

제 3 장

샤일록의 집 앞 거리.
샤일록, 솔라니오, 안토니오, 간수 등장.

샤일록　여보 간수, 이 자식을 조심해요. 동정 따위를 내게 말하지 말아. 이 자식은 이자 없이 돈을 마구 빌려 주는 바보 자식이오. 여보 간수, 조심하우.

안토니오　여보시오, 샤일록 씨. 그러지 말고 내 말 좀 들어 보시오.

샤일록　증서대로 할 테니, 증서에 위반되는 말은 하지 말라니까. 난 맹세를 했어, 기어이 증서대로 하기로. 이유도 없이 넌 날 개라고 했지. 그러니 내가 개라면 내 이빨을 조심하란 말이야. 공작님 보구 재판을 해달래야지. 제기, 망할놈의 간수 같으니, 어쩌자고 이 자식 청을 들어 주어 멍청하게 이렇게 한길에 데리고 나왔담.

안토니오　제발 내 말 좀 들어 보시오.

샤일록　증서대로 하겠다니까…… 네 말은 들어 보고 싶지 않아. 증서대로 할 테니까. 입 닥쳐. 그래, 내가 기독교 녀석들의 중재(仲裁)에 넘어가서 머리를

끄덕이고, 마음이 풀리고, 한숨을 짓고 하는 멍청이
바보인 줄 알아?…… 따라오지 말라니까…… 얘기
하고 싶지 않아. 증서대로만 할 테야. (안으로 들어가
서 문을 닫아 버린다)

솔라니오 개새끼 같으니, 악독한 개새끼 같으니.

안토니오 내버려 두게, 암만 애원해 봐도 소용이 없겠
으니까, 이제 그만 쫓아다니겠어. 그잔 내 생명이
목적인데…… 그 이유를 내가 모르는 것도 아니네.
그자한테 돈에 몰려 사정해 온 채무자들을 나는 여
러 번 도와준 일이 있었네. 그래서 그잔 날 미워하
는 거야.

솔라니오 공작님께서 설마 이 계약 위반에 유효판결을
내리실라구요.

안토니오 아냐, 공작님도 법의 정당성을 굽히실 순 없
지. 외국인들이 이 베니스에서 갖고 있는 특권이
거부당해 보게. 이 나라 법은 크게 비난당할 게 아
닌가. 더구나 이 베니스의 무역과 이권은 여러 민
족들로 성립되어 있으니 말일세. 그러니 이만 가세.
슬픔이니 손해로 해서 어떻게 말랐는지, 내일 그
잔인한 채권자에게 주어야 할 일 파운드의 살조차
도 붙어 있는 것 같지가 않아…… 자, 갑시다, 간

수, 내가 채무를 갚는 것을 보러. 그저 바사니오나
와줬으면…… 그러면 내가 뭘 더 바라겠나!

모두 퇴장.

제 4 장

벨몬트, 포오셔의 집 홀.
포오셔, 네리사, 로렌소, 제시커, 포오셔의 남자 하인 밸더어자 등장.

로렌소 부인, 이렇게 면전에서 말씀드리긴 거북합니다
만, 부인께서는 신성한 우정에 대하여 참으로 훌륭
한 생각을 가지고 계십니다. 그것은 이렇게 바깥양
반 부재시에 부인의 태도를 보면 가장 잘 알 수 있
는 것 같습니다. 그러나 이 호의는 누구를 위한 것
이며, 이 구원을 받는 상대방이 얼마나 훌륭한 신
사며, 그분이 바깥양반과 얼마나 친한 친군지, 이런
일들을 아시게 된다면 부인께서도 세상의 관례적인
우의의 경우와는 달리 한층 더 자랑스럽게 생각되
실 것입니다.

포오셔 전 좋은 일을 하고 후회한 적은 없어요. 이번에
도 마찬가지예요. 평소에 친하게 같이 지내는 동무
란, 영혼이 같은 사랑의 멍에로 맺어져 있다랄까,
용모며 태도며 정신이며, 반드시 공통점이 있는 법
이에요. 이런 사실로 봐도, 이 안토니오라는 분은
남편의 둘도 없는 친구시라니까, 그분은 틀림없이

남편과 흡사한 분이실 거예요. 만약 그렇다면 제 생명 같은 남편과 흡사한 분을 지옥 같은 참경에서 구해 드리기 위해서, 그까짓 비용쯤은 무슨 문제가 되겠어요? 그러고 보니 너무 제 자랑만 한 것 같네요. 이제 그만해 두겠어요. 그런데 딴 얘기가 있어요, 로렌소님. 남편이 돌아오실 때까지 이 집의 가계와 단속을 좀 맡아 주세요. 저로 말하자면 하느님께 남 몰래 맹세를 했어요. 저의 남편과 네리사의 남편이 돌아올 때까지, 전 네리사만 데리고 가서 조용히 기도와 묵상의 날을 보내기로 말예요. 이곳에서 2마일 밖에 있는 수도원에 가서 그 동안 지낼까 해요. 이 청을 거절 마세요, 네. 저의 호의로 봐서나 어떤 긴박한 사정으로 봐서나요.

로렌소 (절을 하고) 그러다뿐입니까, 부인…… 분부시라면 뭐든지 하겠습니다.

포오셔 식구들은 벌써 제 결심을 알고 있어요. 그러니 제 남편과 저 대신 당신과 제시커를 주인같이 섬길 거예요. 그럼 안녕히, 다시 뵐 때까지.

로렌소 부디 안녕히 잘 다녀오십시오!

제시커 아씨, 부디 잘 다녀오세요.

포오셔 고마워요, 당신들도 안녕히 계셔요. 그럼 제시커, 잘 있어요……(제시커와 로렌소 퇴장) 그런데 밸더어자야, 여지껏 넌 충실하게 일을 보아 왔는데, 앞으로도 그렇게 부탁한다…… 자, 이 편지를 가지고, 있는 힘을 다하여 빨리 패듀어로 가서 사촌 오라버님 벨라리오 박사에게 틀림없이 전해 드려라. 그리고 애, 박사님께서 서류와 의복을 주시거든 받아가지고 곧 그 나루터, 베니스로 건너가는 나루터로 뛰어오너라……. 여러 말 할 것 없이 어서 떠나거라……. 난 한발 앞서 가 있겠다.

밸더어자 예, 아씨, 전력을 다해서 얼른 다녀오겠습니다. (밸더어자 퇴장)

포오셔 애, 네리사야……. 네겐 아직 얘기 안 했었지만 묘안이 있다. 우리 한 번 남편들을 만나보자꾸나. 물론 저쪽엔 눈치 채이지 않게 말이야!

네리사 눈치 채이지 않게 될까요?

포오셔 물론이다, 네리사야. 그런데 변장을 해야 돼. 글쎄 그것을 우리도 가지고 있다고 그이들이 속아 넘어가게 말이야. 내기를 해도 좋지만, 우리가 젊은 남자 복장을 하면 내가 더 미남으로 보일걸. 칼을 차도 내가 더 맵시 있고 산뜻할걸. 그리고 어른과 아이 사이의 변성기가 된 것처럼 갈대피리 같은 음

성으로 말을 하고, 걸을 때는 두 발짝의 종종걸음
을 사내처럼 한 발짝으로 걷는단 말이야. 그뿐이냐,
멋쟁이 청년같이 큰 소릴 탕탕 치며 싸움 얘기도
하고, 그리고 교묘하게 거짓말을 꾸며대는 거야, 이
런 거짓말을. 실은 양가집 부인네들이 사랑을 고백
해 왔지만 난 거절했지. 그랬더니 병이 나서 그만
죽고 말았지⋯⋯. 나로선 할 수 없는 일이었어⋯⋯
그렇긴 해도 내가 잘못한 것같아, 죽지 않게 해줄
것을. 이런 시시한 거짓말을 한 스무 남짓이 늘어
놓는단 말이야. 그러면 듣는 사람들은 날 보고 학
교를 나온 지 일 년은 넘었을 것이라고 단정을 할
것 아니냐⋯⋯ 이런 거짓말쟁이의 실없는 장난 같
으면, 나도 얼마든지 알고 있어. 그걸 한번 써먹어
보자는 거야.

네리사   그럼, 우린 남자 노릇을 하나요?

포오셔   그런 질문이 어디 있니. 곁에서 누가 이상하게
생각하면 어쩌려고⋯⋯ 그러나 아무튼 가자. 자세
한 계획은 마차 안에서 얘기해 줄게. 정문 앞에 마
차가 대기하고 있다. 그러니 얼른 해. 오늘 중으로
이십 마일을 가야 하니까. (두 사람, 황황히 퇴장)

제 5 장

포오셔의 집 앞 길.
길 양쪽 둑에는 잔디가 자라 있고, 그 위에는 삼나무들이 서 있다.
란슬로트와 제시커가 이야기를 하면서 들어온다.

란슬로트 정말 그렇습니다, 아버지의 죄는 자식이 물려
받게 마련이니까요……. 그러니까 정말이지만, 아가
씬 위험하십니다. 전 언제나 아가씨껜 털어놓고 말
해 왔듯이, 지금도 이 문제를 곰곰이 생각해서 말
씀드린 것입니다. 자, 그러니까 기운을 내세요. 아
가씨의 지옥행은 틀림없을 것 같으니까요. 그런데
지옥행을 피할 길이 하나 있긴 있습니다만, 그것도
실은 호적에 얹힐 만큼 어엿한 것은 못됩니다.

제시커 그래, 어떤 희망 말이니, 애?

란슬로트 자, 아가씬 아버지가 낳은 자식이 아니라는,
그러니까 유태인의 딸이 아니라는 그런 희망 말입
니다.

제시커 그런 희망이라면 분명히 호적에 못 얹힐 거야.
그래서 우리 어머니의 죄도 내가 물려받게 마련이
란 말이지.

란슬로트 사실 그래서 걱정이죠. 아버지 쪽으로나 어머니 쪽으로나 어차피 지옥에 떨어지게 마련이니까요. 앞 문의 늑대를 피하고 나면, 뒷문의 호랑이가 기다리고 있는 셈입니다. 그러니까 아가씬 엎디거나 뒤집거나 매한가지입니다.

제시커 하지만 우리집 어른이 구원해 주실 거야. 그인 날 기독교도로 해놨잖았니.

란슬로트 이거, 한술 더 고약한 양반인뎁쇼. 안 그래도 예수쟁이들은 너무 많아요. 같이 살아 갈 수가 없을 만큼 수가 많아요. 그 위에다 또 예수쟁이들을 만들어 놓으면 돼지고기 값만 오르게요……. 너도 나도 돼지고길 먹게 돼봐요, 돈을 줘도 베이컨 한 쪽 못 얻어먹게 될 테니까요.

로렌소가 안에서 나온다.

제시커 애, 네가 한 말 우리집 양반에게 애기할 테야. 저기 오시잖니, 그이가.

로렌소 애 란슬로트, 그렇게 남의 마누라를 구석에 몰아다 놓고 있으면, 얼마 안 가 나도 질투하게 될 거다.

제시커 아니, 여보! 그런 염려는 하실 필요가 없어요.

란슬로트하고 지금 싸우고 있었어요. 저것이 함부로 뇌까리잖아요. 절 보고 유태인의 딸이니까, 천당은 막혀 있다는 둥, 그리고 당신보곤 유태인을 예수교로 만들어서 돼지고기 값만 올라가게 해놓았으니까, 고얀 시민이라는 둥 말예요.

로렌소 그것쯤이야 저것이 검둥이 계집의 배를 불려 논 데 비하면, 사회에 대하여 간단히 변명이 서. 애, 란슬로트야, 그 검둥이 계집이 네 아이를 뺐다잖니?

란슬로트 그 검둥이년의 배가 보통이 아니라면 그것 큰일났는데요. 그런데 그년이 그따위 수상한 짓을 했다면, 거 생각한 것보다 엉뚱한 년인뎁쇼.

로렌소 바보는 모두 입심도 좋구나. 이러다간 침묵이 영리한 사람의 미점이 되고, 떠들어서 칭찬받는 건 앵무새만이 되겠구나. 이놈아, 들어가서 식사 준비하라고 일러라.

란슬로트 머을 쥬비는 다 돼 있습니다. 다만 밥 들어갈 배를 준비하고 있으라니까요.

로렌소 아니, 넌 입씨름꾼이란 말이냐. 그럼 상을 보라고 좀 일러라.

란슬로트 상도 봐놨습죠…… 상보만 씌우면 되니까요.

로렌소 그럼, 그것 좀 씌워 주겠나?

란슬로트　씌우다뇨, 천만의 말씀이지. 이래봬도 전 제 분수쯤은 알고 있는 놈입니다.

로렌소　요것 보게, 또 꼬집어 뜯네. 아니, 넌 있는 재치를 모두 단번에 털어놓을 셈이냐? 제발 솔직한 사람의 말을 솔직한 귀로 들어 다오. 부엌으로 가서 일러요, 식탁에 보를 깔고 음식을 차려 놓으라고. 곧 식사하러 들어갈 테니까.

란슬로트　식탁은 차려 놓고, 음식은 덮어 놓아라, 이렇게 이르란 말씀이죠……. 그런데 잡수시러 들어오시는 건 맘 내키시는 대로 하십쇼. (란슬로트 퇴장)

로렌소　기가 막혀, 어쩌면 그렇게도 세밀하게 말뜻을 구별할까……. 바보놈이 묘한 말을 머릿속에 산더미같이 집어넣고 있나 보지. 그런데 세상에는 저자보단 나으면서, 머릿속엔 저자같이 뚱딴지만 들어 있고, 말의 겉멋만 내느라고 내용은 무시하는, 그런 바보도 얼마든지 있거든. 당신이 왜 그러지, 제시커? 그런데 여보, 당신 의견은 어떻소? 바사니오님의 부인이 대관절 마음에 드오, 안 드오?

제시커　드니, 안 드니 정도가 아니예요. 바사니오 님은 정말 얌전한 생활을 하셔야 옳아요. 그렇게 행복한 부인을 만난 것은 이 세상에서 천국의 기쁨을 발견

한 거나 마찬가지니까, 그만한 생활을 하지 않으심,
당연히 천국에 가지 못할 게 아니예요……. 가령
두 신(神)이 천상에서 무슨 승부를 하신다고 쳐요.
그리고 그 내기에는 지상의 두 여자를 건다고 쳐
요. 그런데 그 중 하나가 포오셔라면, 다른쪽 여자
한테는 무엇을 더 갖다 보태야 할 거예요. 빈약하
고 조잡한 이 세상에는 포오셔에 견줄 만한 여자는
없으니 말예요.

로렌소 아내로서 말이지. 남편감으로서는 바로 그런 남
편을 당신은 얻었소.

제시커 뭐라고요, 그것 역시 제 의견을 들어 보셔야죠.

로렌소 그건 곧 들어 보기로 하고, 우선 들어가서 식사
나 합시다.

제시커 싫어요, 당신 칭찬을 하게 놔두세요. 그쪽에 구
미가 당기니 말예요.

로렌소 아니오, 그런 구미는 식사를 들면서 부탁하오.
그렇게 하면 당신이 무슨 얘길 하든 다른 음식들과
함께 소화될 것이니까.

제시커 좋아요, 그럼 푸짐하게 칭찬해 드릴게요. (두 사
람 퇴장)

제 4 막

제 1 장

베니스의 법정.
안토니오(간수가 지키고 있다), 바사니오, 그레시아노, 솔라니오,
관리, 서기, 그리고 군중 등장. 흰 옷을 입은 여섯 명의 고관이 위
풍당당하게 들어와서 의자에 앉는다.

공 작 그런데 안토니오는 출두해 있는가?

안토니오 예, 여기 대령하고 있습니다.

공 작 참 안되었네……. 자네 상대방이라는 자는 목석
　　같은 비인간, 인정이라곤 털끝만치도 없는 자니 말
　　일세.

안토니오 공작님께서 저자의 가혹한 수단을 완화시켜
　　보시려고 수고가 많으셨다는 얘기는 저도 들었습니
　　다만, 그 사람이 원래 완고할 뿐만 아니라 합법적
　　으로도 도저히 그자의 마수에서 벗어날 길이 없으
　　니 만큼, 이제는 상대방의 발악에는 인내심을 가지
　　고 대하고, 그저 조용한 마음으로 그자의 포악과
　　발광을 감수하기로 체념하고 있습니다.

공 작 누가 가서 그 유태인을 불러들여라.

솔라니오 그자는 문 앞에 대령하고 있습니다. 아, 지금

들어오는군요.

공 작 좀 비켜 줘라, 내 앞에 세워라. (길을 비켜 준다. 샤
일록, 공작 앞으로 나와서 절을 한다.) 이봐, 샤일록! 자
네가 이 악의에 찬 태도를 고집한 것은 최후의 막
다른 시간까지만이고, 그때가 되면 지금의 이 괴이
한 잔인성과는 딴판으로 의외로 자비와 연민을 보
여 줄 것으로 세상은 생각하고 있고, 나 역시 그렇
게 믿고 있네. 지금은 이 불쌍한 상인의 살점 일 파
운드를 벌금으로 강요하고 있지만 결국은 이 벌금
을 면해 줄 뿐 아니라, 우정과 애정에 감동하여 원
금의 일부까지도 면해 줄 것이라고 세상은 믿고 있
네. 대저 저 상인이 최근에 입은 막대한 손해를 동
정의 눈으로 본다면, 무역계의 왕이라고 할 만한
사람까지도 짓눌리고 마는 손해이니까 금석같이 냉
혹한 마음을 가진 사람까지도, 친절심 같은 것은
전혀 배우지 못한 인정 없는 터키 사람, 타타르 사
람들까지도 지금의 저 사람의 사정을 동정 안 할
수 없을 것이니 말이네……. 여보게, 샤일록, 우리
들은 모두 친절한 대답이 나오기를 기다리고 있네.

샤일록 내 생각은 이미 공작님께 벌써 다 말씀드렸습
니다. 그리고 증서대로 벌금을 받겠다는 것도 저희

네의 안식일에 두고 맹세한 사실입니다. 그래도 거
절하신다면, 공작님의 특권과 이 도시의 자유가 위
태로워지지 않겠습니까! 아마 의아해 하실 테죠, 왜
내가 삼천 더커어트를 마다하고서 일부러 더러운
살점 일 파운드를 요구하는지를. 지금 그 답변은
하지 않겠습니다! 허나 그건 내 기분이라고나 해
둘까요. 이것으로 답변이 되었을까요? 가령 저희
집에 쥐 한 마리가 나와서 귀찮을 경우 내가 일만
더커트를 던져서 그걸 독살시키게 한다고 합시다.
어떻습니까? 이만하면 납득이 되십니까? 세상에는
통째 구워진 것으로, 입이 딱 벌어진 돼지를 좋아
하지 않는 분도 있고, 고양이를 보면 미치는 사람
도 있고, 그리고 콧소리 같은 자루피리 소리만 들
으면 오줌을 참지 못하는 사람이 있습니다. 감정의
주인공인 사람의 성미가 각기의 기호를 결정하니
그런 것입니다. 그런데 아까 그 답변 말입니다만,
입이 벌어진 돼지를 왜 참지 못할까요. 무해 유익
한 고양이를 왜 싫어할까요. 천으로 싼 자루피리
소리만 들으면 어째서 견디지 못할까요. 여기에 대
한 대답으로 이렇다 할 이유를 들 수는 없지요. 다
만 자기도 성이 나고 남까지 성이 나게 할, 그리고

끝내는 창피를 피하기 때문이라고나 할까요. 내가
안토니오를 상대로 이렇게 밑지는 소송을 일으킨
것도 따지고 보면 오래 묵은 원한과 어떤 증오감
때문이지, 이밖에는 말할 수도 없고, 말하고 싶지도
않습니다. 이만하면 납득이 되십니까?

바사니오 에잇, 인정 없는 놈아, 그런 대답이 어디 있
　　　어. 그걸로 네 잔인한 행동이 변명될 줄 아느냐!

샤일록 나는 네 맘에 들 답변을 할 의무는 없다.

바사니오 자기가 싫다고 다 죽어야 옳단 말이냐.

샤일록 미우면 죽이고 싶은 것이 사람의 인정이 아니냐?

바사니오 맘에 안 든다고 처음부터 미울 것은 없잖나!

샤일록 아니, 그래 넌 독사한테 두 번씩이나 물려도 좋
　　　단 말이냐?

안토니오 여보게, 자네 생각해 보게. 저런 유태인과 시
　　　비를 하느니보다는 차라리 바닷가에라도 가서 만조
　　　의 밀물보고 보통때 높이로 있어 달라고 하는 게
　　　낫지. 늑대를 보고 어째서 어린 양을 잡아먹고 어
　　　미 양을 울렸느냐고 따지는 것이 낫지. 또 질풍에
　　　흔들리는 산 위의 나뭇가지보고 흔들리지 말라, 소
　　　리를 내지 말라, 하는 것이 낫지. 저 유태인의 마음
　　　을 부드럽게 하려고 애를 쓰느니보다는—그렇게도

지독한 상대는 둘도 없으니 말이네—그러니 자네에
게 부탁이네만, 이젠 무슨 제안도, 무슨 손도 쓸 것
없이 아주 간단하고 편리하게 판결을 보게 해 주
고, 이 유태인에게도 목적을 달성케 해주기만 기원
하겠네!

바사니오 자, 네 삼천 더커트 대신에 육천 더커트 여기
있다.

샤일록 그 육천 더커트의 일 더커트 일 더커트가 여섯
조각이 나서 그 조각조각이 일 더커트씩 된다 해도
받진 않겠어. 나는 증서대로만 하겠어.

공 작 남을 그렇게 동정하지 않으면서, 너는 어떻게 신
의 자비를 바라려고 하는가?

샤일록 내가 잘못이 없는 이상, 무슨 판결이든지 두렵
지 않습니다. 당신네들 집에서는 노예를 많이 사서,
나귀나 개나 노새처럼 천한 일에 혹사시키고 있소.
왜 그렇죠? 돈을 주고 샀으니까 그렇죠. 그런데 어
떻습니까, 내가 당신네들 보고, 노예를 해방시켜 당
신네 외딸과 결혼시키시오, 어째서 무거운 짐을 지
워 진땀을 빼게 하오, 그자들의 잠자리도 당신네들
처럼 입에 맞게 해주시오, 이렇게 말한다면 뭐라구
대답을 하실 거요. '노예는 우리 것이니까', 이렇게

대답을 하실 테지. 역시 마찬가지요. 내가 요구하는 살 일 파운드는 고가의 대가를 치른 것이니까 그건 내 것이오. 그걸 갖겠다는 것입니다. 그걸 거절하신다면, 이 나라 법률은 휴지나 다름없고, 베니스의 법령은 허수아비와 한가지지요…… 나는 판결을 요구합니다. 어떻습니까…… 판결해 주시겠습니까?

공 작　나는 내 권한으로 이 법정을 폐정시킬 수 있는 일이나, 이 사건의 판결을 위하여 초청한 석학 벨라리오 박사가 오늘 도착할 것이오.

솔라니오　각하, 패듀어에서 박사의 편지를 가지고 지금 막 도착한 사람이 문 밖에서 기다리고 있습니다.

공 작　그 편지를 이리 가져오고, 그 사람도 들어오라고 해라.

바사니오　여보게, 안토니오! 기운을 내게, 이 사람아. 차라리 내 이 살과 피와 뼈와 그 모든 것을 저 유태인 놈에게 주고 말지, 자네가 나 때문에 피 한 방울이라도 흘려서야 되겠나.

샤일록, 띠에서 칼을 빼 가지고 갈기 위하여 앉는다.

안토니오　양으로 치면 난 양떼 중에 병든 양이랄까, 죽어야 마땅하지. 과실 중에서도 가장 약한 놈이 가장 먼저 떨어지잖던가. 그러니까 나를 가만둬 두게.
바사니오, 자네는 할 일이 있어. 더 살아 남아서,
무덤에 비문이나 써주게.

네리사가 변호사의 서기 복장을 하고 등장

공 작 그대는 패듀어의 벨라리오 박사에게서 왔는가?

네리사 네, 각하. 벨라리오 박사님께서 안부 말씀이 계
셨습니다. (편지를 내준다. 공작은 뜯어서 읽는다)

바사니오 왜 칼을 그렇게 신바닥에 가는 거야.

샤일록 저기 저 파산자한테서 벌금을 베어 내려고 간
다.

그레시아노 이 지독한 유태놈아, 네 신바닥에다 갈고
있지만 실은 네 영혼에다 갈고 있는 것이지. 하지
만 어떠한 연장도, 아니 사형 집행인의 도끼도 너
의 그 무서운 악의에 비하면 반만큼도 날카롭지 못
할 거다. 그래 아무리 애원해도 네놈의 가슴에는
소용없단 말이냐?

샤일록 물론이지, 네놈의 재주에서 짜내는 애원은 소용
없다.

그레시아노 아 기가 막혀, 제기랄. 저주하다 못할 이
개새끼야, 너 같은 놈을 살려 두면 법이 욕을 본다!

네놈을 보고 있으니까 내 신앙까지도 흔들린다. 피
타고라스 말마따나 짐승의 혼이 사람 신체 속에 들
어온다는 그런 생각까지 하게 된다. 네놈의 그 개
같은 근성은 원래 늑대 속에 들어 있던 것이, 사람
을 잡아먹은 죄로 교수형을 당할 때에 그놈의 흉악
한 영혼이 교수대에서 도망쳐 나와, 네 신체 속에
들어간 거지 뭐냐. 네가 더러운 네 어미 뱃속에 있
을 때 말이다. 그래서 네 욕심이 살에 굶주린 늑대
같이 잔인한 거다.

샤일록 그렇게 욕을 한다고 증서의 도장이 지워져 없
어질 줄 아느냐. 괜히 소리만 질러서 네 허파만 아
프겠다. 젊은이가 그럴 것 없이 머리나 좀 개조를
해. 이젠 아주 못 쓰게 부서질라. 난 재판을 해달라
는 거야.

공 작 이 편지를 보면 벨라리오 박사는 박식한 청년
박사 한 사람을 이 법정에 추천하고 있는데, 그분
은 어디 있는가?

네리사 바로 이 근처에 와 계신데, 이 법정에 들어오게
하실 것인지, 공작님의 의향을 기다리고 계십니다.

공 작 들어오게 하다뿐이오. 자, 몇 사람 가서 공손히
모셔오너라. (시종 몇 사람, 절을 하고 나간다.) 그 동안

이 법정은 벨라리오 박사의 편지를 들어 보시오.
(편지를 읽는다) '각하께 이 서한을 올리나이다. 각하
의 서한을 받았을 때에, 소생은 와병 중에 있었으
며, 각하의 파견인이 도착시, 마침 로마의 청년 박
사 밸더어자 씨가 문병차 소생을 방문 중에 있었습
니다. 소생은 유태인과 상인 안토니오 간의 소송
내용을 동 박사에게 설명한 후, 소생 등 두 사람은
많은 참고서적을 조사하고, 소생도 의견을 동 박사
에게 충분히 피력한 바 있습니다. 동 박사의 학식
은 소생의 추천 여부를 기다릴 필요조차 없이 박식
하온 바, 그 박식을 가지고 소생의 의견을 부언하
고, 소생의 요청에 의하여 소생의 대리로, 각하의
청에 응하고자 귀처를 방문하게 되었습니다. 동 박
사는 아직 연소하지마는 두뇌는 노성하오니, 연령
의 부족을 가지고 동 박사의 평가에 지장이 없기를
바라나이다. 끝으로 동 박사를 환대해 주시옵기 바
라오니, 소생이 추천한 대 대한 근거는 미구에 결
과를 보시면, 판명될 것으로 확신하고 각필하나이
다.' 석학 벨라리오 박사의 서한 내용은 지금 낭독
한 바와 같소.

포오셔가 법률 박사의 복장으로 손에 책을 한 권 들고 등장.

공 작 저분이 그 대리 박사인가 보오……. 악수합시다.
  벨라리오 박사한테서 오셨지요?

포오셔 예, 그렇습니다.

공 작 잘 오셨소. 앉으시오. (시종이 포오셔를 공작 옆에 있
  는 책상으로 안내한다) 그런데 이 법정에서 현재 심의
  중인 사건 내용은 이미 알고 계시죠?

포오셔 자세한 이야기는 이미 들었습니다. 그런데 어느
  쪽이 상인이며, 어느 쪽이 유태인입니까?

공 작 안토니오, 그리고 샤일록, 두 사람 다 앞으로 나
  와 서라. (두 사람, 앞으로 나와 공작에게 인사를 한다.)

포오셔 당신 이름이 샤일록이오?

샤일록 예, 샤일록입니다.

포오셔 당신이 요구하는 소송은 그 내용이 참 괴이하
  기는 하나 위법성은 없으니까, 베니스의 법률상으
  로도 당신의 소송 진행을 비난할 수는 없소. 그런
  데 안토니오, 당신의 생사권이 저 사람 손에 달려
  있단 말이지?

안토니오 그런가 봅니다.

포오셔 증서의 정당성을 인정하는가?

안토니오 예, 인정합니다.

포오셔 그렇다면 유태인 쪽에서 자비심을 발휘하셔야

되겠소.

샤일록 무슨 의리가 있어서 말입니까? 어디 좀 들어
봅시다.

포오셔 자비라는 것은 강요될 성질이 아니며, 하늘에서
이 지상에 내리는 자비로운 비와도 같은 것이오.
자비는 이중의 혜택을 가지고 있소. 첫째 자비를
베푸는 사람에게 혜택이 가고, 자비를 받는 사람에
게도 혜택이 있소. 자비야말로 최고 권력자의 가장
위대한 미덕이라 할 것이며, 군왕을 더욱 군왕답게
하는 것은 왕관보다 이 자비심이오. 군왕이 가진
홀(笏)은 지상 권력의 상징이자 위엄(威嚴)의 표지
로, 불안과 공포를 의미할 뿐이오. 그러나 자비는
권력의 지배를 초월하여, 군왕의 가슴속 옥좌에 앉
아 있소. 말하자면 바로 하느님의 덕(德)이라 하겠
소. 따라서 자비를 가지고 정의(正義)를 완화할 때
지상의 권력은 신의 권력에 가장 가까워지는 것이
오. 그러니 여보 유태인, 당신의 주장이 비록 정의
에 적합하기는 하나, 생각해 보시오. 누구나 정의만
좇는다면 인간은 한 사람도 구원되지 못할 것이오.
우리는 하느님께 자비를 기원하지만, 이 기원은 곧
우리들 상호간에 자비를 베풀도록 가르치고 있는

것이오. 내가 이렇게까지 이런 말을 한 것은 정의
에 대한 당신의 주장을 완화시켜 보자는 것이지만,
정말 추궁하겠다면, 베니스의 엄격한 법정은 여기
이 상인에게 불리한 판결을 내릴 수밖에 도리가 없
지요.

샤일록   내 행동의 결과는 감수할 테요. 어서 재판이나
해주시오. 증서대로 벌금을 받을 테요.

포오셔   상인은 채무를 이행할 능력이 없는가?

바사니오   아닙니다. 지금 내가 대신 이행하겠다는 것입
니다. 두 배를, 아니 그것으로 부족하다면 열 배를,
내 손과 머리와 심장을 담보로 해도 좋습니다. 만
약 그래도 부족하다면 이건 분명히 무슨 적의가 있
어 그런 거라고밖에 볼 수 없습니다……. (무릎을 꿇
고 양손을 든다.) 아, 법관님, 직권으로 한 번만 법을
굽혀 주십시오. 대의를 위하여 소의를 굽혀서 이
악마 같은 놈의 요구를 막아 주십시오.

포오셔   그건 안 될 말이오. 이 베니스의 어떠한 권력을
가지고도 기정 법령을 좌우할 수는 없는 일이오.
그런 일을 하면 전례가 되어, 그 전례로 인해서 허
다한 착오가 발생하여 국가의 화근이 될 것이오.
그러니 그것은 도저히 안 될 말이오.

샤일록 과연 명판관이십니다. 다니엘 같은 명판관이십
니다! (포오셔의 옷자락에 키스한다.) 나이는 젊으신데,
참 현명하고 훌륭한 재판장이십니다!

포오셔 그럼, 어디 그 증서를 좀 봅시다.

샤일록 (자기 가슴에서 냉큼 증서를 빼내며) 이것입니다, 훌
륭하신 박사님. 자, 한번 읽어 보십시오.

포오셔 (그것을 받아들며) 여보, 샤일록! 이 금액의 세 배
를 지불하겠다는데.

샤일록 맹세, 맹세, 난 하늘에 맹세를 했소. 어떻게 내
영혼에 거짓 맹세를 할 수 있겠소? 베니스를 죄다
줘도 싫소이다.

포오셔 (증서를 조사해 본다) 참, 그 증서는 기한이 지났
구려. 그러니까 유태인은 이 증서에 명시된 바에
의하여 당연히 살 일 파운드를 이 상인의 심장 가
까운 곳에서 베어낼 권리를 요구할 수가 있구려.
자비심을 발휘하여, 대신 세 배의 돈을 받고 이 증
서는 찢어 버립시다.

샤일록 찢는 것은 증서대로 채무가 이행된 다음에……
보아하니 당신은 참 훌륭한 재판장 같습니다. 법률
에도 밝으시고, 해석도 지극히 온당하십니다. 당신
은 법의 훌륭한 기둥이십니다. 법에 의하여 부탁드

럽니다. 어서 재판을 해주십시오. 나는 이 영혼에
두고 맹세하지만, 어느 누구의 말도 내 마음을 돌
리지는 못합니다. 어서 증서대로 바랍니다.

안토니오　저도 간절히 바랍니다. 어서 판결을 내려 주
십시오.

포오셔　정 그렇다면 자, 당신은 저 사람의 칼을 가슴에
받을 각오를 하시오.

샤일록　과연 명판관이시다! 젊으신 분이 어쩌면 이렇
게 훌륭하실까!

포오셔　그 이유인즉, 이 증서에 명시된 벌금은 법의 취
지와 목적으로 보아 충분히 정당하니까.

샤일록　과연 그렇습니다. 어쩌면 이렇게 현명하고 공정
하실까! 보기와는 달리 어쩌면 이렇게 성숙하실까!

포오셔　그러니까 상인은 가슴을 내놓으시오.

샤일록　예, 가슴입니다. 증서에 그렇게 씌어 있습니다.
안 그렇습니까, 재판장님? '심장에 가장 가까운 곳
에서' 바로 이렇게 씌어 있습니다.

포오셔　사실 그렇소. 그러면 살을 달 저울은 준비돼 있
소?

샤일록　예, 여기 있습니다. (외투 밑에서 저울을 꺼낸다.)

포오셔　그럼 샤일록, 당신 쪽 비용으로 의사를 불러오

시오. 출혈이 심하여 죽으면 안 되니까. 상처를 치
료하기 위해서요.

샤일록 증서에 그렇게 명시되어 있습니까? (증서를 달라
고 해서 자세히 들여다본다)

포오셔 명시된 것은 아니지만, 그렇게 하는 것이 어떻
겠소? 그만한 자비쯤은 베풀어도 좋을 것 아니오.

샤일록 그런 말은 보이지 않습니다. 증서에 없습니다.
(증서를 포오셔에게 도로 준다.)

포오셔 여보 상인, 무슨 할 말은 없소?

안토니오 별로 없습니다. 여보게 바사니오, 악수하세.
잘 있게! 자네 때문에 내가 이렇게 됐다고 해서 슬
퍼하지는 말게. 운명의 신은 보통때보다 친절한 셈
이야. 보통 같으면 거지꼴이 된 사람을 그대로 살
려 놓고 푹 꺼진 눈과 주름진 낯으로 말년의 고생
을 맛보게 할 텐데, 내 경우는 그렇게 오래오래 고
생을 하는 벌은 면케 했단 말일세. (둘은 포옹을 한
다.) 부인께 안부 전해 주게. 이 안토니오의 최후의
과정을 전해 주게. 죽은 후에 나를 좋게 전해 주게.
그리고 그 이야기가 끝나거든 부인께 물어 보게.
바사니오 자네에게도 진실한 친우가 있었는지 없었
는지를…… 자네가 친우를 잃은 것을 슬퍼만 해준

다면, 나는 자네 때문에 부채를 갚는 것을 조금도
슬퍼하지 않겠네. 저 유태인이 칼을 푹 찔러 넣
어만 주면, 나는 당장 내 심장을 모조리 바쳐서 채
무를 청산할 결심이니 말일세.

바사니오 여보게 안토니오, 내가 얻은 그 아내는 내게
생명과 같이 소중한 사람인데. 그러나 그 생명도
아내도, 아니 이 세계도 내게는 자네의 그 생명보
다도 소중하지 못하네. 온갖 것을 잃어도 좋으니까,
아니 이 모든 것을 악마에게 희생시켜도 좋으니까,
자네 생명만은 구하고 싶네.

포오셔 여보, 당신 부인이 곁에서 그 말을 듣는다면 그
리 달갑게 생각하진 않겠구려.

그레시아노 저도 아내를 얻었지요. 그야 물론 사랑합니
다만, 아내가 천당에 가서 저 개 같은 유태놈의 마
음씨가 좋아지도록 신에게 빌어 주었으면 좋겠습니
다.

네리사 그런 말은 부인이 없는 데서나 하시지, 괜히 가
정 불화 일으키지 말고.

샤일록 (방백) 기독교도의 남편 놈들은 다 저렇다니까!
나도 딸자식을 가졌지만…… 기독교도놈보다는 차
라리 바라바 같은 강도놈의 핏줄이 그년의 남편이

됐으면 나을 것 아닌가……. (큰 소리로) 이건 괜한
시간 낭비요, 얼른 판결이나 해주십시오.

포오셔 저 상인의 살 일 파운드는 당신의 것이오. 이는
법정이 용인하고, 국법이 그를 주는 바요.

샤일록 과연 공평한 재판장이시다.

포오셔 그러니 당신은 상인의 가슴에서 살 일 파운드
를 베어 내야 하오. 국법이 이를 승인하고 법정이
이를 재정하오.

샤일록 아 정말 과연 유식한 재판장이시네……. 판결이
났어. 자, 각오해라. (칼을 빼들고 앞으로 나온다.)

포오셔 좀 기다려요! 더 말할 것이 있소. 이 증서에는
한 방울의 피도 당신에게 준다고 하지 않았소. 여
기 쓰인 말은 분명히 '살 일 파운드'요. 자, 증서대
로 살 일 파운드를 떼어 가지시오. 그러나 베어낼
때에 만약 기독교도의 피 한 방울이라도 흘리는 날
이면, 당신의 토지 재산은 베니스의 국법에 의하여
이 베니스 국에 몰수당하오.

그레시아노 참 공평하신 판관이시다. 들었나, 이 유태
놈아. 참 유식한 판관이시다!

샤일록 그것이 법률이오?

포오셔 (법률서를 펴보이고) 자, 당신 눈으로 조문을 보시

오. 당신은 정의(正義)를 주장하니만큼 당신이 요구
하는 이상의 엄격한 재판을 각오하시오.

그레시아노 과연 박식한 판관이시다. 들었나, 유태놈아.
박식한 판관이시다!

샤일록 그럼, 아까 그 말대로 하겠으니…… 증서의 세
배를 지불해 주고, 저 기독교도는 석방해 주십시오.

바사니오 자, 돈 여기 있다.

포오셔 가만 있으시오! 유태인에게는 오직 정의대로
해주겠소. 가만 있으시오. 서두르지 마시고, 증서대
로 과료 이외는 아무것도 줄 수 없으니까.

그레시아노 봐라, 이 유태놈아! 참 공정하고 박식한 판
관이 아니시냐!

포오셔 그러니까, 자 살을 베어 낼 준비를 하오. 피는
한 방울도 흘려서는 안 되오. 살도 꼭 일 파운드를
베어 내야지 많아도 적어도 안 되오. 일 파운드보
다 많거나 적거나 할 경우엔, 설사 그것이 한 푼의
이십 분의 일이라는 근소한 차라 할지라도, 아니
머리칼 하나의 중량의 차로 저울이 기울기만 하는
날이면 당신은 사형이며, 또 전 재산은 몰수요.

그레시아노 과연 제2의 다니엘이시다. 다니엘 같은 명
판관이시다. 여, 유태놈아! 불신자야, 이젠 맞이 어

떠냐!

포오셔　왜 유태인은 망설이고 있소? 벌금을 받지 않고.

샤일록　원금만 돌려 주고, 가게 해주십시오.

바사니오　여기 있다. 자 받아라.

포오셔　저 사람은 공판정에서 그것을 거절하지 않았는
　　　가. 그러니까 정의와 증서대로만 해주면 그만이오.

그레시아노　정말 다니엘 같은 분이시다. 제2의 다니엘
　　　이시다! 유태인, 고맙다. 좋은 말을 가르쳐 줘서.

샤일록　원금만이라도 주실 수 없을까요.

포오셔　위약조 이외는 절대로 안 되오. 그것도 당신 생
　　　명을 걸고 말이오.

샤일록　에잇, 제기랄 것! 이 이상 문답할 것 없어.

포오셔　가만 있어, 유태인. 또 한 가지 법의 적용을 받
　　　을 일이 있소……. (책을 읽는다) 이 베니스의 법률에
　　　의하면 만약 외국인으로 베니스 시민에 대하여, 간
　　　접 또는 직접적인 수단을 써서 그 생명을 위협한
　　　범죄 사실이 명백히 되는 경우는 범인의 재산의 반
　　　은 피해자가 될 뻔한 피고의 소유가 되고, 다른 반
　　　은 국고에 몰수되오. 동시에 범인의 생명은 오직
　　　공작의 처분에 달리고 타인은 누구도 간섭을 하지
　　　못하오. (책을 덮는다) 아시겠소. 원고는 지금 그와

같은 상태에 처해 있소. 이유인즉, 원고는 직접적으로나 간접적으로나 피고인의 생명 그 자체를 위협한 것이 명백한 증거에 의하여 분명하니, 원고는 본관이 앞서 논술한 바와 같은 위험에 처해 있는 것이오. 그러니까 원고는 응당 무릎을 꿇고 공작님의 자비를 바라야 할 것이오.

그레시아노 네 손으로 목매달아 죽게 해달라고 청이나 해보지. 하지만 재산을 국가에 몰수당하면 목을 맬 줄인들 살 돈이나 어디 있겠느냐. 그러니까 역시 국가의 비용으로 교수형을 당할 수밖에 없겠구나.

공 작 우리의 정신이 얼마나 다른가를 보여 주기 위해서 원고의 생명은 청도 있기 전에 용서해 주겠다. 다만 재산의 반은 안토니오의 것이 되며, 다른 반은 응당 일반 국고의 수입으로 될 것이나, 회개 여하에 따라서는 벌금으로 감해질 수도 있다.

포오서 예, 국고 수입 분에 한해서는 그럴 수 있습니다. 단 안토니오의 몫의 분에 대해서는 문제가 다릅니다.

샤일록 아니오, 내 생명이고 뭐고 죄다 가져가 버리시오. 감형은 필요없소. 집을 받드는 기둥을 빼가 버리면 집 전체를 빼가 버리는 거나 한가지가 아니오. 생계를 유지하는 재산을 빼앗아 가 버리면 생명을 빼앗아 가는 거나 한가지가 아니오.

포오셔 안토니오, 당신은 어느 정도의 자비를 베풀 수 있겠소?

그레시아노 목을 매 죽을 끈이나 하나 그저 주고, 그밖에는 저 유태인에게 제발 아무것도 주지 마십시오.

안토니오 공작 각하, 그리고 이 법정의 여러분, 재산의 반에 대한 벌금조도 면제해 주셨으면 저는 만족스럽겠습니다. 그리고 나머지 반분의 재산은 제가 관리하고 있다가, 최근 저 사람의 딸을 훔쳐 낸 신사에게 차후 양도해 줄 것을 저 사람이 승인해 주기 바랍니다. 다른 두 가지 조건으로서, 첫째는 이러한 은전에 대한 보답으로, 저 사람이 즉시 기독교로 개종(改宗)을 할 것, 둘째는 자기 유산 일체를 딸과 사위 로렌소에게 양도한다는 증서를 이 법정에서 작성할 것, 이 두 가지 조건을 요구하겠습니다.

공 자 그렇게 시키겠소. 듣지 않으면 앞서 내가 한 말은 전부 취소하겠소.

포오셔 유태인은 만족하오? 어떻소?

샤일록 만족합니다.

포오셔 (네리사에게) 그럼 서기, 양도 증서를 작성하오.

샤일록 소생은 그만 물러가게 해주십시오. 기분이 좀 언짢아서요. 증서는 나중에 보내 주시면 서명을 해 드리겠습니다.

공 작 그럼, 가보오. 그러나 서명은 반드시 이행해야 하오.

그레시아노 세례를 받으려면 교부가 둘이 있어야 하는 데…… 그러나 내가 재판장이라면 열 명을 더 불러서 배심원으로 하여 너 같은 놈은 세례반(洗禮盤)으로 데려가지 않고 교수대로 데려가겠다. (샤일록, 아우성 속을 허청허청 퇴장)

공 작 (일어선다.) 내 집에 가서 식사나 같이 하십시다.

포오셔 아니, 죄송합니다만 용서해 주십시오. 오늘 밤으로 패듀어에 돌아가 봐야 하기 때문에, 지금 곧 떠나야 합니다.

공 작 그렇게 시간이 없으시다니 참 안됐구려……. (단상에서 내려오면서) 안토니오는 이분에게 충분히 답례를 하시오. 아무튼 큰 신세를 졌으니까요. (공작, 고관들, 시종들, 퇴장. 폐정)

바사니오 참으로 고맙습니다. 오늘 박사님 덕택으로 저와 제 친구는 무서운 형벌을 면하게 되었습니다. 그 은혜를 보답하는 의미로 이 삼천 더커트를 드리겠습니다. 유태인에게 지불하기로 되어 있던 것입니다만, 약소하지만 박사님의 수고에 대한 성의오니 받아 주십시오.

안토니오 물론 이 이상으로 성심을 다하여 영구히 은혜를 보답해야 될 줄로 생각합니다.

포오셔 마음의 만족을 느끼면 그것으로 충분히 보답된 것이오. 나는 당신네를 구원할 수가 있어서 만족하고 있습니다. 그러니 이것으로 충분히 보답은 받았다고 생각합니다. 애당초부터 나는 그 이상 보수를 바란 적은 없는 사람입니다. (인사를 하고 지나가면서) 차후 다시 뵙게 될 때 나를 몰라보지나 말아 주십시오. 그럼 안녕히 계십시오. 이만 실례하겠습니다.

바사니오 (황급히 뒤를 따라가면서) 실례를 무릅쓰고도 억지 떼를 쓰겠습니다만, 보수라곤 생각지 마시고 그저 성의의 표시로서, 무슨 기념품 정도라도 받아 주십시오. 첫째 제 말씀을 거절하지 마시고, 둘째 저의 실례를 용서해 주십시오.

포오셔 (문 앞에서 멈춰 서면서) 그렇게까지 말씀하시니 달게 받겠습니다. (안토니오를 보고) 그럼 장갑을 주시오, 기념으로 쓰겠습니다. (바사니오를 보고) 그리고 당신의 기념으로는 그 반지를 받겠소. 그렇게 손을 뒤로 빼진 마시오. 그 이상은 받지 않겠습니다. 당신 말처럼 성의의 표시니만큼 거절은 안 하실 테죠?

바사니오 아니 저…… 실은 변변치 못한 것이 되어서 …… 창피하게 이런 걸 드리고 싶지는 않습니다.

포오셔 그러나 그것 아니면 받지 않겠습니다. 어쩐지 그것이 마음에 드는구려.

바사니오 실은 이 반지는 가격이 문제가 아니라 좀더 깊은 사정이 있어서요. 베니스에서 가장 비싼 반지를 올리겠습니다. 광고를 해서 찾아내리다. 이 반지만은 제발 용서해 주십시오.

포오셔 아니 당신은 말씀으로만 환대하시는가 보구료. 처음엔 날 보고 청하도록 해놓으셨소. 그런데 이제 내가 생각해 보니, 청하는 사람은 어떤 꼴을 당하는가를 보여 주시는 것 같습니다그려.

바사니오 실은 이 반지는 아내한테서 받은 것인데, 손에 이걸 끼워 주면서 내게 이런 맹세를 시켰지요. 절대로 팔거나, 누구에게 주거나, 잃거나 하지 않는다는 맹세를요.

포오셔 주기가 아까울 때는 누구나 그런 구실을 내세우는 법이죠. 그러나 당신 부인께서 실성한 부인이 아니라면, 그리고 내가 이 반지를 받을 만하다는 것을 인정하신다면, 내가 이것을 갖는다고 해서 부인께서 언제까지나 원망하진 않으실 것 같은데요. 그럼 안녕히들 계시오!

안토니오 여보게, 바사니오! 그 반지를 드리게나. 자네 부인의 명령도 명령이지만 저분의 공로와 내 우정도 좀 생각해 주게.

바사니오 이봐, 그레시아노. 얼른 뒤쫓아가서 이 반지를 전해 드리게. 그리고 될 수 있으면 그분을 안토니오네 집으로 모시고 오게……. 자, 속히 가보게. (그레시아노 황황히 퇴장) 자, 우리도 가보세. 그리고 내일 아침 일찍 벨몬트로 떠나세. 자 가보세, 안토니오.

모두 퇴장.

제 2 장

베니스의 법정 앞 노상.
포오셔와 네리사 법정에서 나온다.

포오셔 (용지를 내주면서) 이봐, 유태인네 집으로 찾아가서 이 증서를 주고 서명을 받아와. 우린 오늘 밤에 떠나서 남편들보다 하루 앞서 집에 가 있어야 돼. 이 증서를 보면 로렌소가 얼마나 기뻐할까.

그레시아노가 법정에서 뛰어나온다.

그레시아노 선생님, 마침 잘 만났습니다. 실은 바사니오 씨도 이리저리 생각하신 끝에 이 반지를 보내시면서 저녁을 같이 드시자고 초대하시겠다는데요.

포오셔 저녁은 안 되겠으나 반지는 대단히 감사히 받는다고 전해 주오. 그리고 수고스럽지만 저 청년을 샤일록 노인네 집에 안내 좀 해주시오.

그레시아노 예, 그렇게 하겠습니다.

네리사 여보세요, 잠깐 여쭐 말씀이…… (포오셔에게 방백) 저도 저이의 반지를 빼앗아 보겠어요. 죽을 때까지 가지고 있으라고 맹세를 시킨 반지지만.

포오셔 (네리사에게 방백) 뺏어 낼 수 있을 거야, 틀림없
이 반지는 친구분께 주었다고 맹세를 하겠지만, 나
중에 그이네들을 면목 없이 해주고 실토를 시키자
꾸나. 자, 어서 가봐. 알지, 내가 기다리는 곳을.

네리사 (그레시아노에게) 자, 그럼 그 집을 좀 안내해 주
세요.

모두 **퇴장**.

제 5 막

제 1 장

벨몬트. 포오셔의 집 앞길.
여름밤, 달이 떠 있고 구름이 흘러가고 있다. 로렌소와 제시커가
나무 밑을 조용조용히 거닐고 있다.

로렌소 달은 밝기도 하다……. 이런 밤, 상쾌한 바람은
　　　소리도 없이 수목들에게 고요히 키스를 하던 이런
　　　밤이 아니었을까. 트로이러스가 트로이의 성벽을
　　　올라가서, 그날 밤 미녀 크레시더가 자고 있는 그
　　　리스의 천막을 보고 영혼의 탄식을 지은 것은.

제시커 이런 밤이었을 거예요. 티스비가 무서워하며 이
　　　슬을 밟고 가서, 애인을 보기 전에 사자의 그림자
　　　에 겁을 먹고 달아난 것은.

로렌소 이런 밤이었지. 여왕 다이도가 버들가지를 들고
　　　거친 바닷물가에 서서, 애인 이네이아스더러 다시
　　　한 번 카르타고로 돌아오라구 손짓을 한 것은.

제시커 이런 밤에 효녀 미디아는 불로초를 캐서 늙은
　　　아버지를 다시 젊게 한 거예요.

로렌소 이런 밤에 제시커는 돈 많은 아버지네 집을 몰
　　　래 빠져나와 건달 같은 애인하고 베니스를 버리고

멀고먼 벨몬트까지 왔던 것이오.

제시커 이런 밤에 로렌소라는 젊은이는 깊이깊이 애인을 사랑한다고 철석 같은 맹세로 여자의 마음을 빼앗아 갔으나, 알고 보니 죄다 거짓말이었어요.

로렌소 이런 밤에 저 귀염둥이 제시커는 말괄량이마냥 마구 애인을 욕했으나, 남자는 다 용서를 했지.

제시커 '이런 밤'을 쳐드는 경쟁이라면, 나도 얼마든지 해볼 수 있어요. 그러나 누가 와요. 보세요, 사람 발소리가 들려요.

스테파노가 달려온다.

로렌소 거 누구요, 조용한 밤에 그렇게 달려오는 분은?

스테파노 친구입니다.

로렌소 친구! 누구네 친구요? 여보, 그럼 이름을 대.

스테파노 이름은 스테파노입니다. 소식을 가져왔는뎁쇼. 아씨께서 먼동이 트기 전에 벨몬트에 도착하신답니다. 아씬 이곳 저곳의 성 십자가 앞을 지나오시면서, 무릎을 꿇고 행복한 결혼 생활을 빌고 계십니다.

로렌소 누구랑 같이 오시는가?

스테파노 동행으로는 도승 한 분과 시녀밖에는 아무도

없어요. 그런데 주인양반께서는 아직 안 돌아오셨
나요?

로렌소   아직 안 돌아오셨다. 그리고 아무 소식도 없으
시다. 그런데 이봐, 제시커, 우린 안으로 들어가서
아씨를 맞이할 준비를 성대하게 합시다.

란슬로트가 멀리서 부르는 소리가 난다.

란슬로트   솔라, 솔라…… 오, 하, 호, 솔라, 솔라!

로렌소   거 누가 부르오!

란슬로트   (수목 밖으로 달려나온다) 솔라! 로렌소 양반은
안 계십네까? 로렌소 양반은? 솔라? 솔라?

로렌소   소린 좀 그만 질러, 이 사람아…… 여기 있네!

란슬로트   솔라! 어딥네까? 어디?

로렌소   여기라니까!

란슬로트   로렌소 양반께 좀 전해 주십쇼. 주인양반한테
서 속달을 가져왔습니다. 기쁜 소식을 뿔나팔 속에
나 산뜩 남아 가시고요. 주인양반이 아침까지는 들
아오신답니다. (퇴장)

로렌소   이봐 제시커, 우린 들어가서 주인 내외분이 오
시는 것을 기다립시다. 아냐, 그럴 건 없어. 들어가
면 무얼 하겠소? 여봐 스테파노, 안에 들어가서 좀

전해 주게, 아씨께서 금방 돌아오신다고. 그리고 악
대도 좀 밖으로 내보내 주고…… (스테파노, 안으로 들
어간다.) 달빛은 이 둑에서 참 상쾌하게 잠을 자고
있구나! 자, 우리 여기 앉아서 흘러나오는 음악 소
리나 들어 봅시다! 고요하고 평온하며 상쾌한 음조
(音調)에는 십상이겠소…… (앉는다.) 앉아요. 그리고
저것 봐, 넓은 하늘에 온통 황금 접시를 깔아 놓은
것만 같소. 저기 보이는 아무리 작은 별도 궤도를
돌며 천사같이 노래를 하지 않는 건 없소. 눈이 맑
은 아기 천사들의 소리에 맞추어서 말이오. 불멸한
영혼 속에는 다 저런 화음(和音)이 있는 것이오. 그
러나 그 영혼은 썩고 말 이 진흙 같은 살에 싸여 있
어서 그런 화음이 우리의 귀에는 들리지 않는 것이
오. (악대가 살그머니 안에서 나와서 수목 사이에 자리를
잡는다. 그대로 열어 놓고 나온 문에서 불빛이 새어 나온다.)
자 그럼, 찬미의 음악으로 달의 여신을 깨워 보오!
그 멋있고 오묘한 음악의 가락을 아씨 귀에 보내서,
그 소리에 끌려 집으로 오시도록 해보오. (음악)

제시커　전 웬일인지 슬퍼져요, 즐거운 음악만 들으면.

로렌소　그건 당신이 정신을 너무나 긴장시키기 때문이
오. 글쎄 보시오. 사납게 뛰노는 가축떼나, 길이 안

든 어린 망아지들은 미친 듯이 냅다 뛰고, 고래고래 울어대고 하잖소. 그것은 곧 피가 끓기 때문이오. 하나 나팔 소리를 듣거나, 무슨 음악 소리가 귀에 들리기만 하면 그것들은 일제히 멈춰 서고 그 사나운 눈까지도 온순한 눈초리로 변하고 마오. 이것이 상쾌한 음악의 힘이오. 그러기에 악성(樂聖) 오르페우스는 나무와 돌은 물론 강물까지 끌어당겼다고 옛 시인이 전하고 있소. 글쎄 아무리 목석같이 완고하고 광포한 사람이라도 음악에는 일시나마 감동을 안 하는 사람은 없으니 말이오. 마음속에 음악이 없는 사람, 감미로운 음악의 조화에 감동하지 않는 사람, 그런 사람은 배신, 음모, 강도밖에 못할 사람이오. 그리고 정신 작용은 밤과 같이 둔하고, 감정은 황천같이 컴컴한 사람이오. 그런 사람은 믿지 못할 사람이오. 자, 음악을.

포오셔와 네리사가 길을 천천히 걸어 올라온다.

포오셔 저기 저 불빛은 우리집 홀의 불빛이구나. 저렇게 작은 촛불이 어쩌면 이렇게 멀리까지 비쳐 올까! 험악한 세상에선 착한 행동도 꼭 저렇게 빛날 거야.

네리사　달이 밝았을 땐 저 촛불도 보이지 않았는데요.

포오셔　그와 마찬가지야, 큰 영광이 작은 영광을 희미
　　　하게 하는 것은…… 왕이 없을 때는 대리자도 왕같
　　　이 빛나 보이지만, 왕이 나타나면 대리자의 위엄은
　　　사라지게 마련이야. 육지의 개천물도 대양(大洋)엔
　　　삼켜지고 말잖니. 아니 음악이!

네리사　아씨, 집의 음악이에요.

포오셔　역시 뭐든지 환경이 좋아야 좋게 보이는구나.
　　　음악이 낮에보다 훨씬 더 아름답게 들리는 것만 같
　　　구나.

네리사　조용해서 그런 것이 아닐까요, 아씨.

포오셔　곁에 아무도 없다면 까마귀 울음소리도 종달새
　　　노래같이 아름답지 뭐냐. 그리고 소쩍새라도, 대낮
　　　에 거위떼들 떠드는 속에서 노래하면 굴뚝새보다
　　　나을 것이 없지. 모든 것은 때와 장소가 들어맞아
　　　야만 정당히 칭찬받고, 충분히 인정되게 마련이야
　　　……. 쉿, 조용히! 달님은 아름다운 연인 엔디미온
　　　을 품고 자는지, 깨워 봐도 일어날 것 같지가 않구
　　　나.

로렌소　저건 틀림없이 아씨의 목소리지. 내가 잘못 들
　　　었는지는 모르겠지만.

포오셔 내 목소리가 흉해도 로렌소는 날 알아보는구먼,
　　　　장님이 뻐꾹새를 알아보듯이.

로렌소 아씨, 안녕히 다녀오셨습니까.

포오셔 우리는 남편들이 무사하길 빌고 왔지만, 제발
　　　　기도의 효험이 나타나 줬으면 좋겠는데…… 그래
　　　　돌아오셨니?

로렌소 아직 안 돌아오셨습니다, 아씨. 그러나 아까 사
　　　　람이 와서 곧 도착하신다는 기별이 있었습니다.

포오셔 얘 네리사야, 안으로 들어가서 하인들에게 좀
　　　　일러라, 우리가 집을 비운 것을 조금도 내색 말아
　　　　달라구……. 그리고 로렌소도 내색 말아 줘요, 또한
　　　　제시커는 물론이고. (나팔 소리, 멀리 길에서 사람 소리
　　　　가 난다.)

로렌소 주인양반이 돌아오십니다, 나팔 소리가 나잖습
　　　　니까. 저희가 입을 놀리진 않을 테니, 아씬 염려 마
　　　　세요.

포오셔 오늘 밤은 병든 낮만 같구나. 어째 좀 파리하구
　　　　나……. 해님이 숨어 있는 낮이면 이럴까.

바사니오, 안토니오, 그레시아노 그리고 종자들 등장.

바사니오 해가 없어도 당신만 이렇게 걸어다니면, 지구

저편의 낮같이 밝은 밤이오.

포오셔 밝게 하는 역(役)은 좋지만, 어디 그렇게 경박한
여자가 되어서야. 아내가 경박하면 남편은 침울해
진다고 하니까요. 전 바사니오님을 그렇게 해주고
싶지 않아요. 하지만 다 하느님의 의향에 달렸어요.
아무튼 무사히 잘 다녀오셨어요. (그레시아노와 네리
사, 한쪽으로 가서 이야기한다.)

바사니오 고맙소, 내 친구를 좀 환영해 주시오. 이 사
람이 안토니오요, 내가 무한히 신세를 지고 있는.

포오셔   어느 모로 봐서나 신세를 지셨고말고요. 듣자
니, 이분은 당신 때문에 많은 짐을 지셨다고 하니
까요.

안토니오 짐이라야 이제는 무사히 다 청산했습니다.

포오셔 참 잘 와주셨어요. 그러나 환영은 말보다 다른
방법으로 표시해야 되니까 말로 하는 인사는 그만
해 둬야겠어요.

그레시아노 (네리사에게) 저기 저 달에 맹세하지만, 당신
은 내게 너무 하오. 참말이지 그 반지는 재판장의
서기에게 주었다니까 그래. 그걸 그렇게까지 당신
이 분해한다면, 제기 그걸 받은 사람이 고자라면
좋겠네.

포오셔 아, 벌써 싸움이군! 무슨 일로?

그레시아노 글쎄, 벌써 하찮은 금반지 하나 때문인데요. 저 사람이 내게 선사한 것이랍니다. 그런데 그 제명(題銘)은 칼장수가 칼에다 새기는 따위의 것으로 '날 사랑하고, 버리지 마세요'랍니다.

네리사 제명이니 값이니는 왜 쳐드는 거예요? 그걸 받으실 적에 당신은 맹세하시지 않았어요, 죽을 때까지 지니고 계시겠다고. 그리고 죽으면 무덤 속에 묻어 달라고요. 그건 고사하고 당신의 그 열렬한 맹세를 위해서라도, 좀 소중히 끼고 있어야 하실 것 아녜요. 재판장의 서기에게 주셨다구요! 핏, 하느님도 아시겠지만 그따위 서기는 생전 가도 얼굴에 수염 하나 나지 않을 사람이 아닐까요.

그레시아노 아냐, 이제 어른이 되면 수염은 날 거야.

네리사 그럴 테죠. 여편네가 나일 먹어서 사내로 변한다면.

그레시아노 아냐, 이 손에 두고 맹세하지만, 어떤 청년에게 줬다니까 그래. 아직 앳되고 꼬마 같은 소년이야. 당신보다 키가 크지 않을 거야, 그 재판장의 서기란 사람은. 그 애가 어찌나 재잘대고 사례로 반지를 달라는지 그만…… 어디 차마 거절할 수가 있었어야지.

포오셔 그건 당신이 나빠요. 솔직한 말이지만 부인의 처음 선물을 그렇게 손쉽게 내줘 버리시다뇨. 더구나 맹세에 맹세를 거듭하여 손가락에 끼신 것이 아녜요. 그리고 정성의 못으로 당신 살에 박아 놓은 것이 아닌가요. 나도 남편에게 반지를 하나 선사했고, 절대로 내놓지 않겠다는 맹세를 받아 놨어요. 여기 남편이 계시지만, 천하의 보배를 다 준대도 저인 절대로 반지를 내놓거나 손가락에서 빼내어서 버리거나 하시지는 않으실 거예요.

그레시아노 이봐요, 재판장은 반지를 받을 만했습니다. 그러자 서기라는 그 소년 또한 내 걸 달라고 졸라대지 않았겠어요. 그야 그 애는 기록을 하느라고 애는 썼지요. 그는 다른 것은 모두 싫다고 했소.

포오셔 여보, 무슨 반지를 주셨어요? 설마 저한테서 선사받은 그 반지는 아닐 테죠.

바사니오 실수에다 거짓말을 덧붙여도 괜찮다면 아니라고 부정을 해보겠소만, 보시오. 손가락에 반지는 없어졌소. 내줘 버렸소.

포오셔 그와 같이 진실도 비어 있을 거예요, 허위에 찬 당신의 마음에는…… (포오셔 돌아선다.) 하늘에 맹세

하지만 그 반지를 다시 보기 전에는 당신하곤 같이
자지 않을 테예요.

네리사 저도 그렇게 하겠어요. 반지를 도로 찾기 전에는.

바사니오 이봐 포오셔, 그 반지를 누구에게 줬는지, 그
리고 뭣 때문에 줬는지, 또 얼마나 마지못해 줬는
지…… 글쎄 그 반지밖에는 아무것도 마다하니 말
이오……. 그런 사정만 알게 되면 당신도 그렇게까
지 분해 하지는 않을 것이오.

포오셔 그 반지의 가치를, 그 반지를 선사한 여자의 절
반의 가치를, 그리고 당신의 명예를 위해서라도 그
반지를 끼고 있어야 한다는 것을 알고 계셨다면,
그 반지를 그렇게 쉽게 내줘 버리진 않으셨을 거예
요……. 당신이 거절만 하셨더라면, 염치도 없게 남
의 기념품을 억지로 졸라대는 그런 사람이 세상에
어디 있겠어요? 네리사 말이 옳아요……. 정말이지
그 반지는 어느 여자에게 주신 거죠?

바사니오 천만에. 내 명예에 두고, 그리고 내 영혼에
두고 맹세하지만, 그건 여자가 아니라 법학 박사로,
삼천 더커트를 줘도 그분은 거절하고 반지만을 요
구했소. 한번은 거절을 했더니 매우 괘씸해 하는
눈치였소. 그분은 바로 내 친구의 생명을 건져 준

사람이오……. 그러니 이봐요, 내가 뭐라고 말해야 좋을까? 글쎄 할 수 없이 사람을 시켜서 반지를 보냈지요. 창피하고 미안해서 혼이 났소. 명예상으로 봐서도 배은망덕하다는 오명을 입고 싶지는 않았으니까요……. 그러니 용서해 주오. 이 밤의 저 거룩한 촛불에 두고 맹세하지만 당신이 그 자리에 있었다면, 당신이 먼저 내 반지를 달래 가지고 그 훌륭한 박사님에게 주었을 것이오.

포오셔 그렇다면 그 박사님을 우리집 근처에는 절대로 얼씬도 하지 못하게 하세요. 제가 아끼고 아낀 반지를, 그리고 당신도 절 위하여 언제까지나 끼고 있겠다고 맹세한 반지를 지금 그분이 가지고 있으니까, 저도 당신같이 싹싹한 마음이 되어 제 것이라면 뭐든지, 이 육체와 당신의 침방까지도, 그분에겐 거절하지 않을 테니까요. 그분하곤 어쩐지 마음이 꼭 맞을 것만 같아요. 그러니까 하룻밤도 집을 비우지 마시고, 눈이 백 개 달린 장사 아르고스처럼 저를 잘 감시하셔야 돼요. 만약 그렇지 않고, 절 혼자 내버려 두면, 아직은 깨끗한 제 정조에 두고 말이지만, 전 그 박사와 같이 자겠어요.

네리사 저도 그 서기 양반과 같이 잘 테예요. 그러니 여보, 당신도 저 혼자 내버려 두지 않도록 조심하셔야 해요.

그레시아노 잘 테면 자라구. 그러나 그치가 내 손에 안 잡히게 해야 되지. 그 젊은 서기 녀석, 잡혀만 봐라, 붓대를 가만히 둘까 보냐.

안토니오 불행히도 내가 죄다 이 싸움의 원인입니다.

포오셔 아니예요. 그런 염려는 행여 마세요—아무튼 당신은 잘 오셨어요.

바사니오 포오셔, 내가 잘못했소. 할 수 없이 그렇게 된 거니까 용서해 주오. 이렇게 친구들 듣는 데서 맹세하지만, 아니 나를 비쳐 주는 당신의 아름다운 눈에 두고 맹세하지만, 저……

포오셔 저런 소릴! 제 눈은 두 개니까 눈 속에 비치는 당신도 둘이 아니겠어요, 한 눈에 하나씩. 그러니 두 갈래의 마음에나 두고 맹세하세요. 그래야 신용 있는 맹세가 되지 않겠어요.

바사니오 그러지 말고 내 말 좀 들어 봐……. 이번만 용서해 주면, 나도 이 영혼에 걸고 다시는 맹세를 깨뜨리지 않을 테니까.

안토니오 나는 저 사람의 행복을 위해서 내 몸을 저당까지 한 일이 있습니다. 그런데 부인의 남편인, 저 사람의 반지를 가져간 박사의 힘이 없었다면, 내 몸은 물론 파멸되고 말았을 것입니다. 그러니 한 번 더, 더구나 내 영혼을 담보로 맹세하겠습니다만, 주인 어른은 다시는 고의로 맹세를 깨뜨리진 않을 것입니다.

포오셔 그렇다면 당신이 보증을 서세요. (자기 손가락에서 반지를 빼서) 이걸 저분께 드리세요. 그리고 요전 것보다 좀더 잘 간수하라고 일러 주세요.

안토니오 자 바사니오, 이 반지를 잘 간수하겠다고 맹세하게.

바사니오 뭐, 이건 내가 박사에게 드린 바로 그 반지로군 그래!

포오셔 박사한테서 얻었어요. 미안해요, 네. 이 반지에 두고 말하지만 전 그 박사하고 같이 잤단 말이에요.

네리사 (자기 반지를 보이면서) 저도 미안해요. 여보, 그레시아노. 저도 간밤에 박사의 서기라는 그 꼬마 아이와 같이 잤어요, 이 반지를 얻은 답례로 말예요.

그레시아노 아니, 이건 한여름 신작로를 보수하는 격이 아니겠는가, 멀쩡한 신작로를. 그래 영문도 모르고 오쟁이를 져?

포오셔 그렇게 쌍스러운 말은 하지 말아요. 다들 놀라

셨을 거예요. 자 이 편지, 틈 나시거든 읽어 보세요.
패듀어의 벨라리오님한테서 온 편지예요. 편질 보
시면 아시겠지만, 이 포오셔가 박사였고…… 저 네
리사가 서기였어요. 이 로렌소도 증인이지만, 전 곧
뒤따라 이곳을 떠났다가 이제 막 돌아온 길이에요.
아직 안에는 안 들어가 봤어요……. 안토니오님, 잘
오셨어요. 당신이 상상도 못하실 만큼 좋은 소식을
제가 가지고 있어요. 자, 이 편지를 곧 뜯어 보세요.
뜻밖에도 당신의 상선이 세 척이나 상품을 만재(滿
載)해 가지고 입항한다잖아요. 이 편지가 어떻게 제
손에 들어왔는가 그 경유는 묻지 말아 주세요.

안토니오   말문이 딱 막혀 버립니다.

바사니오   아니 그래, 당신이 박사였는데, 내가 몰라봤소?

그레시아노   그래 날 오쟁이를 지게 한 서기가 바로 당
신이었소?

네리사   그래요, 하지만 그 서기가 그런 짓은 절대로 하
기 않을 테니 안심하세요. 성장해서 아주 사내가
돼 버린다면 모르지만.

바사니오   여보 박사, 이젠 나하고 같이 잡시다. 그러나
내가 없을 때는 우리 아내와 같이 자도 좋소.

안토니오   부인, 부인 덕택에 나는 생명과 재산을 도로

찾았습니다. 이 편지를 보니 확실히 내 배들은 무사히 입항을 한 것 같습니다.

포오셔 그런데 이봐요, 로렌소. 저 서기가 당신께도 좋은 소식을 가지고 왔어요.

네리사 그래요, 그리고 이번엔 사례 없이 거저 드리겠어요…… 자 이것 받으세요. 당신과 제시커에게 부자 유태인이 유산 전부를 사후에 양도한다는 특별 양도 증서예요.

로렌소 두분 아씨님, 이건 주린 사람 앞에다 감로를 내려 주시는 셈이올시다.

포오셔 벌써 새벽녘이 됐나 봐요. 하지만 여러분께선 이번 일의 경위를 좀더 충분히 듣고 싶으실 거예요. 이젠 안으로 들어가시죠. 그리고 신문(訊問)을 하세요. 뭐든지 정직하게 답변해 드리겠으니.

그레시아노 그렇게 합시다. 그러면 내가 우선 우리 네리사에게 맹세를 시키고 신문해 보겠는데, 어차피 내일 밤까지 참을 것인지, 또는 그냥 곧 자러 갈 것인지, 어느 쪽이오. 그런데 아직도 두어 시간이 있어야 날이 밝아질 것 같소. 그러나 그냥 자러 갈 경우는 날이 새더라도 컴컴해졌으면 하고 나는 원할 거요. 박사의 서기와 같이 자고 있고 싶어서 말이

오. 그건 그렇고 앞으로 일생 동안 다른 염려는 없
겠으나 다만 네리사의 반지를 잘 간수할 수 있을는
지 이것만이 걱정스럽구려.

모두 퇴장.

자 료 편

셰익스피어의 희극

행위는 등장인물의 내부에서부터 발생하는 데 비하여 플롯은 작가가 외부에서 부여하는 것이다. 개인을 중심으로 하는 행위의 추구가 비극의 성립 조건인 데 비해 복수(複數)의 등장인물을 움직이는 교묘한 플롯은 희극에서는 필수 조건이다. 비극에서는, 가공할 신(神) 앞에 직면하고 악(惡)은 미지의 불가사의한 세계로부터 지상으로 스며나오는 데 대하여, 희극에서의 인물은 사회적인 존재요, 악은 주위 환경에서 초래되는 인간적인 것이다. 비극에서는 우리의 경탄심을 자아내고 주인공의 개성의 내적 갈등이 집중되는 제재(製材)가 흥미의 초점이 되는 데 대하여 희극에서는 개인은 군상(群像) 속에 흐려진다. 희극은 본질적으로 짜임새 있는 극이라야 하며 보다 더 기교적이라야 한다.

영국의 중세극은 기교적으로는 매우 유치했으나 희극적 성격이 아주 없지는 않았다. 도덕극(道德劇)의 악역 등은 싱싱한 희극적 생명이 넘쳐 흘러, 엘리자베스 조(朝)에 들어서자 충분히 기세를 발휘하여 유명한 폴스타프도 그 훌륭한 후예의 하나로 간주되고 있다.

그러나 중세극에는 희극이 없었다. 엘리자베드 시대의 극작가들은 희극의 전형(典型)을 로마 희극에서 찾았다. 로마극은 연극적으로는 그리스 극보다 훨씬 뒤떨어졌던 것이나, 무대적인 기교면에서는 놀랄 만큼 발전되어 있었다. 세익스피어는 훌륭한 희극 작가이기도 하였으므로, 젊은 세익스피어가 극작술을 로마 희극에서 습득한 것은 당연한 일이라 하겠다.

최초의 희극이라고 하는≪착오 희극(The Comedy of Errors)≫(1592~3)은 플로터스의 어떤 희극을 거의 번안한 것이었다.

주인과 하인의 두 쌍둥이가 서로 상대방을 알지 못한 채 같은 거리에서 만난다는 것부터가 있을 수 없는 일로 순전히 익살극이며, 이후의 희극과도 별관계가 없다. 그러나 익살극치고는 한 가지 고려해야 할 점이 있다. 이 쾌활한 광대 희극의 바로 첫머리에 '사형 선고'라는 말이 나오는 것이다. 불행한 이지언이 그의 슬픈 생애를 진술하고 사형을 논고받는 제1막 제1장은 참으로 충격적이다. 전체 분위기는 쾌활하면서도 그와 같은 심각한 정서는 어쩐지 전편에 감돌고 있는 것만 같다. 대개 익살극이라고 하면 인위적인 어리석음의 영역에 머물러야 할 것인데, 이 광대극은 개막 초에서 사형이 강조되고 죽은 줄로만 알고 있던 이밀리어를 찾게 됨으로써 우리는 극중 인물들을 실재 인물같이 착각할 정도이다. 주인 쌍둥이의 개성은 거의 차이가 없으나 하인 쌍둥이의 한 쪽은 실재보다 다소 엉뚱하게 재치 있어 보이는가 하면, 다른 쪽은 다소 우둔한 듯하다. 말괄량이와 민감한 처녀인 두 자매에 대해서도 우리는 실재 이상으로 공감하게 된다. 낭만과 현실의 분위기는 잠시나마 창녀까지도 훌륭한 여인으로 보이게 한다. 천박하고 조야(粗野)한 대로 이 극은 장차의 발전을 약속하고 있는 것이다.

아무튼 고전 희극을 본딴 작품답게 삼일치(三一致)의 법칙을 어느 정도 지키고 있을 뿐더러, 소극(笑劇)답게 신소리가 연발되고, 동자두 환밥하다. 동시에 다른 초기의 희극들과 더불어 소극다운 웃음 속에도 희극의 영역에서 근대적 로맨스를 중세적 로맨스로 대치하여, 제2기의 낭만 희극을 암시한 듯하며, 헤어졌던 가족들이 다시 만나게 되는 주제 또한 말기의 낭만극의 싹인 것이다.

다음의 희극 ≪말괄량이 길들이기(The Taming of the Shrew)≫(1593~4) 역시 소극다운 환경 때문에 비교적 생기를 발산한다고 볼 수 있겠는데, 그러나 이 극은 순전히 소극에 불과한 것일까? 사실 종래 여러 배우들과 연출자들이 소극적인 면을 너무나 강조해 왔지만, 본질을 자세히 검토해 보면 원초적이나마 순수한 희극 형태를 지닌 작품이라 하겠다. 소극의 플롯과는 달리 이 극의 플롯은 현실과는 전혀 무관한 가공적인 것이 아닐 뿐더러, 캐터리너와 페트루치오의 성격은 신파적인 가면 너머로 연극적인 것을 지니고 있다. 페트루치오는 한낱 보기 흉한 야만인은 아니다. 그는 괴팍하지만 신사이며, 젊은 셰익스피어가 흥미를 느낀 최초의 소박한 성격 묘사인 것이다. 캐터리너 또한 외관과 실재의 연극적 처리의 최초의 소산이라 하겠다. 그녀는 자기가 무척 영리하다고 자부하고 있고, 온순한 여동생에 대한 멸시감이 강한 나머지, 그녀는 제 자신에 돌아오는 해악(害惡)을 알 수는 없어도 타인에게 미치는 자기의 인상을 어렴풋하게나마 알고 있다. 그러나 그녀는 천성이 지독한 악녀가 아니라 그저 왈가닥을 가장한 것뿐이었다. 이것은 소극적인 환경이 아니라 희극적인 환경인 것이다. 이 점이 곧 성격상에서가 아니라 태도상에서의 내적 변화를 극

작가에게 허용하는 것이다. 그녀는 야비한 남편한테 욕을 보는 아내가 아니다. 그녀의 눈에서는 사랑의 빛이 번뜩이고 음성에는 음악이 감돈다. 참으로 즐거운 아내로 변용한다. 그녀의 마지막 대사는 풍자적인 거짓말이 아니라 새 행복을 발견한 근대적 여성의 입에서 우러나오는 진실의 토로라 하겠다.

사랑과 우정을 기본 주제로 하는《베로나의 두 신사(Two Gentlemen of Verona)》(1594~5)를 제작할 무렵부터 이른바 셰익스피어의 이중 영상(二重映像)은 그의 극에서 여러 가지 형태로 구현되기 시작한다. 그 하나는 모든 관점에서 관찰되나 사랑의 어리석음과 부지구성(不持久性)을 인지함으로써 절제되는 사람의 초연력(超然力)이요, 다른 하나는 이상(理想)의 인식이며, 이는 경험이 이상의 분석을 항시 우리에게 강요하는 상식으로써 가감되는 그러한 인식이다.

바꾸어 말하면, 《베로나의 두 신사》 이후의 희극에는 인간 인습과 비현실적인 몽환(夢幻)에 다 같이 반대하는 자연율(自然律)을 명백히 인지하고 있는 것이다. 정열이 온갖 사려(思慮)를 압도하는 실정과 여성의 관점을 보여 줌으로써 이 극은 지금까지와는 다른 영역을 보여 준다. 프로우티어스는 우정을 배신하지만, 배신할 수밖에 없는 사정으로 배신당하는 상대방조차도 용납한다. 순결과 타인에 의한 소유는 휴지(休止) 상태의 정열을 자극시킨다는 사실을 우리는 알고 있다. 이것이 이 극의 일부 주제이기도 하지만, 줄리아는 색다른 요소를 가져다 준다. 셰익스피어의 여성 중에 최초로 남장을 하는 그녀는 신파적이 아닌 연극적 인물로 발전하며 이 희극이 무력해짐을 막는다. 그녀는 뭐라고 설명하기 어려운 사랑의 힘을 발산하며, 현실 세계를 가져다 주고, 따라서 그녀가 등장하면 극의 진행은 활기를 띤다. 그뿐 아니라 그녀의 매력은 자기의 현실적인 궤도 안에 남들을 포용하는 것이다.

이 희극에 한 가지 더 지나치지 못할 점은, 셰익스피어는 어렴풋하기는 하나 어릿광대 하인인 라안스와 스피드를 통하여 사랑의 어리석음을 경고한다. 벨런타인의 행동에 대한 스피드의 거칠고도 풍자적인 묘사며 '훌륭한 애인(a notable lover)'을 '지독한 바보(a notable lubber)'로 뒤집는 라안스의 솜씨는 낭만적 영역에 상식적 정신이 침입한 것이라 하겠다.

그러나 ≪베로나의 두 신사≫에서는 당대의 우정관이 실질적으로 파괴되지는 않고 우정의 추태(醜態)를 암시하고 있을 뿐임에 비하여 ≪사랑의 헛수고(Love's Labour's

Lost≫(1594~5)에서는 체험에서 오는 웃음이 허식의 인위성(人爲性)을 산산이 깨뜨리고 풍자한다. 이 희극은 한편으로는 젊은이들의 어리석음에 대한 선의의 풍자요, 한편으로는 문체(文體)의 연습인 듯한 인상을 준다. 작자는 교묘한 플롯은 피하고 해학적인 반어[아이러니]를 가지고 말의 큰 향연을 베푼다.

셰익스피어는 초기에 선배 작가의 모방을 해왔지만, 젊은 극작가로는 모방보다는 반어가 더 알맞은 수단일 것이므로, 아이러니는 타인의 문체를 그대로 따르기를 거부하게 하는 동시에 원형(原型)의 깊은 원천을 지각하게 한다. 사실에 있어 효과적인 반어법(反語法)은 경멸에서가 아니라 항상 절도를 유지하는 존경에서 나오게 마련이다. 모방으로부터는 단일(單一)이라는 위험이 오기 쉽다. 그러나 아이러니를 연습함으로써 젊은 극작가는 기교의 극치를 습득할 수 있었으며, 자기 자신의 표현 방법을 발전시켜 가면서 타인의 입을 빌려 표현하는 능력을 배울 수 있었을 것이다.

이 극의 문체가 다채로운 것처럼 극의 주제 또한 단순하지 않다. 셰익스피어는 베룬 안에 자기의 이상적인 상(像)을 표현한 것이라는 추측이 있어 왔지만, 이는 확인할 길이 없고, 다만 우리 앞의 베룬은 이미 페트루치오나, 사생아 포큰브리지에서 나타난 형과는 완전히 변형된 것이요, 그는 솔직하며 형식을 싫어하고 이상을 현실과 절충시키는 인물이다. 여인의 눈의 매력에 관한 그의 유명한 대사는 이 극의 주제의 일부이기는 하나 그것은 일부에 지나지 않는다. 끝에 가서는 그가 일 년 열두 달 하루도 빠짐없이 병자를 위문하여 웃기게 하라는 벌을 로렐라인한테서 받았을 때, 그의 수다스러운 정신은 수양되어야 할 판국이었다.

그는 확실히 이 극의 주인공은 아니지만 작가의 대변자라 할 수 있다. 궁정의 즐거운 웃음판에 느닷없이 언급되는 병자는 《착오 희극》의 개막초에 언급되는 사형 이상으로 우리에게 충격을 주는데, 셰익스피어는 슬픔을 생각하지 않고서는 농담을 할 수 없으며, 그러기에 그 농담은 한층 더 심각해지게 마련이다. 또한 그가 사랑을 맹세하면 반드시 시간의 잔인한 낫이 내리치는 불길한 소리가 귓전에 들려오며, 그러기에 그 사랑 또한 보다 더 심각하게 마련이었다.

지금까지의 희극에서 셰익스피어는 여러 가지 주제를 다각도로 실험해 왔지만 《한여름밤의 꿈(A Midsummer-Night's Dream》(1595~6)은 셰익스피어의 최초의 위대한 희극으로, 종전의 모든 수법이 이 한 편에 다 담겨져 있다. 그러나 재료는 종전의 그것들이면서도 그 구조는 전혀 딴판인 것이다. 티시어스와 히폴리터로 말미암아 마련된 틀 안에 두 쌍의 애인과 직공들과 요정(妖精)의 세계가 놓여지며, 이것들은 죄다 착오라는 주제로 관계를 갖는다.

이 극에서 셰익스피어는 또 하나의 집념을 비로소 명백히 제시했다. 그것은 몽환과 현실이라는 개념이며, 처음으로 그는 외관(外觀)과 실재를 대담하게 대조시킨다. 이 두 요소는 이후 극의 내적 본질을 이루게 되지만, 그의 이중관점과 상식적인 인생관과 자연과 일치될 수 있는 능력이 모두 여기서 우러나온 것이다. 외관과 실재, 이 양자는 이제 그의 극에서 교향악에서의 주제처럼 상호작용을 하여, 높아졌다가는 낮아지고 변형을 하여, 잠시 하나로 합쳐지는가 하면 이내 분리되어 대위(對位) 음악과 같은 효과를 발휘한다.

이제 셰익스피어의 솜씨는 명백히 성숙해진 것이다. 여러 평론가들이 이미 간파한 것처럼 티시어스는 극의 진행을 비판하고, 끝에 가서 극의 분규를 원만하게 해결지어 주는 상식적인 두뇌의 소지자이므로 그는 요정 세계의 인물들을 부정하고, 자연의 힘과 결탁하여 인위적인 율법(律法)을 극복하고, 젊은 서정적인 사랑도 부정한다. 그러나 티시어스 이외에 이 극에는 또 하나의 상식적인 머리를 가진 성격이 있으니 그는 보텀이라는 인물이다. 이 보텀은 요정 여왕의 키스를 받았다. 원래 셰익스피어적 상식을 티시어스적 현실의 테두리 안에다 제한할 수는 없고, 현실과 상상의 두 세계를 다 같이 포용하고 있는 것이다.

《한여름 밤의 꿈》에서는 월광(月光)이 요정들이 출몰하는 숲 위에 고요히 내려 비치고 있으나 《뜻대로 하세요(As You Like It》(1599~1600)의 숲은 부드러운 햇빛을 흠뻑 받고 있다. 아테네 교외의 숲은 요정과 엘리자베스 조의 직공을 다 같이 맞이하며, 아어덴의 숲은 프랑스나 시인의 고향 워릭셔의 숲인 동시에 환상의 영역이다. 《뜻대로 하세요》는 전원극이라 할 수 있는데 전원주의(田園主義)를 풍자한 전원극으로, 인습적 현실과 이상의 두 세계가 전개된다. 《한여름 밤의 꿈》에서는, 티시어스는 한낱 상식적인 인물이요, 《뜻대로 하세요》에서의 인간 터치스톤은 이 극의 대변자라 할 리얼리스트요, 로절린드는 자기 자신이 사랑에 깊이 빠져 있으면서도 터치스톤의 현실주의를 솔직히 용납한다.

이는 곧 모순되는 성격에서 오는 대조라기보다 대조가 내적인 것을 의미한다. 터치스톤은 어리석은 짓임을 알고 있으면서도 스스로 아어덴 숲을 찾아가며, 사랑의 어리석음을 똑똑히 알고 있으면서도 못생긴 시골뜨기 오드리와 결혼하는 철저한 리얼리스트이다. 그리고 로절린드는 어느 여인에 못지않게 열렬한 사랑을 하고 있으면서도 사랑의 허무함을 예리하게 인정하고 있는 것이다. 우리가 마주 대하는 이러한 세계는 모순의 세계인데, 이 세계는 생(生)과 사(死)의 영원한 모순도 지니고 있다.

셰익스피어는 명백히 인간을 사랑하고 또한 두려워했다. 그리고 그는 고독을 사랑한 동시에 한 인간이 사회적 동물이라는 사실도 인지했다. 온갖 것의 존재 의의는 관점 여하에 따라 상대적인 것이다. 여기에서 셰익스피어는 그것을 직관하는 것이다.

이제 셰익스피어의 낭만 희극(浪漫喜劇)은 성립되었다. 지금까지 셰익스피어의 희극은 광대적인 코미디(현실풍자)의 세계와 로맨스(중세 설화문학)의 세계를 교체 성장해 왔는데, 《한여름 밤의 꿈》에서부터는 이 두 세계가 완전히 융합된 로맨틱 코미디라는 새로운 형식의 희극이 탄생되었다. 원래 코미디란 로마희극으로, 현실을 풍자함이 주안(主眼)이니 거기에는 광대역(fool, 로마 희극에서는 식객)이 등장하여 모순된 현실을 풍자하며, 소극적 요소가 짙게 마련이다. 한편 로맨스란 중세기의 설화 문학으로 중세기의 연애관(戀愛觀)인 궁정적 연애와, 중세기의 기사가 군주에게 충성을 다하듯이 남성이 여성에게 절대 복종하는 하인의 입장에서 사랑하는 여자를 태양이나 여신인 것처럼 숭배하는 정신적 연애, 그러니까 현실적이 아닌 양상(樣相)이 주요한 내용을 이루고 있다.

남녀 애정 문제에서 이와 같이 현실적 코미디와 비현실적인 로맨스를 근대적인 애정관으로 발전시켜 연애와 결혼을 융합 조화시킨 것이 셰익스피어의 로맨틱 코미디의 대조적인 표현이라 하겠다. 사실 이와 같은 애정관은 르네상스 이래 지금까지 문학의 주요 주제이지만, 중세 로맨스가 그 비현실적인 양상을 극복하기 위해 왕후와 신하 사이의 불륜 관계를 즐겨 다루었듯이, 그리고 오늘날의 문학이 남녀불륜 관계를 오히려 더 많이 문학의 소재로 삼고 있듯이, 셰익스피어에서도 후반기의 문제극에서는 남녀간의 애정도 불륜의 대정상적(對正常的)인 양상으로 나타나게 마련이지만, 《뜻대로 하세요》의 경우 로절린드는 목등목녀의 로맨틱한 사랑과 터치스톤의 현실적인 사랑을 둘 다 이해·비평하면서, 자기 자신의 연정을 근대적인 애정으로 발전, 융화시켰으며,

이와 같은 셰익스피어의 솜씨는 참으로 경탄하지 않을
수 없다.

《헛소동(Much Ado about Nothing)》(1598~9)은 클로디
오 대(對) 히어로와 베네딕 대 비어트리스의 두 플롯의
암명(暗明)이 교차하는 가운데 음모라는 하나의 공통적
인 주제로 수습되는 희극이다. 돈 존과 그 일당 하며,
클로디오와 그 추종자 하며, 다 이 주제 안에서 행동하
는데, 히어로조차도 누명을 쓰고 죽음을 가장한다.

말하자면 자연의 불가사의한 힘마저 공모(共謀)하여
고소해 하는 것 같다. 만나기가 무섭게 기지(機知)에 찬
입씨름을 벌이는 비어트리스와 베네딕을 주위 사람들은
음모를 꾸며서 서로 사랑하게 하여 고소해 하지만, 실상
두 사람은 상극을 가장할 뿐 서로 사랑할 운명인 것이
다. 돈 존의 음모가 뜻밖에도 멍청하고 수다스러운 보안
관 도그베리로 말미암아 발각되는 것도 자연의 이치라
하겠다.

극 전체는 단일 계획으로 수습되며, 만약 한 부분이
라도 잘못 해석되면 이 희극의 정묘한 균형은 깨지게
마련이다. 셰익스피어는 클로디오와 히어로를 연극적
세계로 나오지 못하도록 억제하여 신파적 인물에 머무
르게 하였기 때문에 두 사람은 우리들의 공명을 불러

일으키지 못하지만, 그렇기 때문에 이 극에서 베네딕과 비어트리스가 약동할 여지를 갖게 되고 이 발랄한 두 애인의 등, 퇴장과 더불어 무대 위의 생기 또한 출몰하는데, 이들의 개성은 어찌나 강한지 퇴장한 후까지도 무대 위에는 실재의 여음(餘音)이 감돌며 극 진행에 묘한 힘을 부여해 준다.

《십이야(The Twelfth Night)》(1599~1600)에서 오빠의 죽음을 비탄하는 올리비어는 검은 상복을 입고 등장하며, 바닥에는 애수가 흐르는 사랑의 소곡(小曲)들로 점철되고, 이 희극 또한 미묘한 균형을 가지고 있다. 셰익스피어에게 충성은 가장 큰 미덕의 하나요, 배신은 가장 큰 악덕의 하나였으므로, 올리비어의 비탄은 다소 과장되어 있을지언정 그 비탄은 결코 어리석은 과장은 아니며, 공작의 구애를 사랑하지 않는 까닭에 거절하는 것은 당연한 일이겠으나, 남장한 비올라를 사랑하게 되는 것은 잠시 동안의 자연의 장난이랄까. 그녀의 마음속에는 비올라의 쌍둥이인 아직 미지의 세배스티언이 자리잡고 있었다. 모두가 조롱하는 맬보울리오를 다소나마 동정하는 사람도 그녀뿐이다. 이런 의미에서 이 극의 주인공은 올리비어이겠지만, 《헛소동》의 베네딕처럼 이 극에서 맬보울리오는 직각적으로 우리의 머리에 떠오르는 성격이며, 그는 아마 충분히 개성이 발휘된 성격일 것이다. 이 청교도적인 이기주의자를 셰익스피어는 모든 각도에서 살아 있는 인물로 관찰하였고, 그러기에 작가는 그를 욕보여 그를 동정한다.

셰익스피어는 초기 희극에서 로맨스와 코미디를 교대로 실험해 오다가, 제2기에서는 이 양자를, 즉 낭만적인 요소와 현실적인 요소를 완전히 융합시켜 균형이 잡힌 원숙한 희극들, 이른바 로맨틱 코미디를 창작해 냈다. 그러나 셰익스피어의 천재성을 가지고도 복잡하고 교묘한 로맨틱 코미디를 전부 성공적으로 이끌어내기는 쉬운 일이 아니었다. 이것은 ≪베니스의 상인(The Merchant of Venice)≫(1596~7)을 검토해 보면 알 수 있다.

≪헛소동≫이나 ≪십이야≫는 정묘한 균형감이 있는데 반하여 ≪베니스의 상인≫은 도중에서 좌절된 희극이라 하겠다. 바사니오가 포오셔에게 구애(求愛)하는 주제를 복잡하게 만들기 위해서는 전형적인 악역이 필요했다. 이 악역은 무동기(無動機)의 배경적 인물이어야 했던 것이다. 그러나 이 희극의 악역은 샤일록이라는 적극적인 역할을 하는 인물이 되고 만다. 엘리자베스 여왕을 살해하려고 했다는 음모 혐의로 체포된 유태인 의사 로페츠 사건 후 군중심리에 부화뇌동한 엘리자베스 시대

의 관객에게 샤일록은 단순히 악인으로밖에 비치지 않을 뿐더러, 셰익스피어 역시 샤일록을 악인으로 그려내는 것이 본 의도였다고 보는 평론가들이 있지만, 이는 셰익스피어를 시대의 저속한 해설자로 전락시키는 견해일 것이며, 우리는 조급히 결론을 내리기 전에 좀더 깊은 고찰을 해야 할 것이다.

그런데 셰익스피어가 이 샤일록을 어떻게 처리하였는가가 중요하다. 플롯상으로는 샤일록은 액션을 복잡하게 하는 전통적인 악역에 불과하다. 그리고 포오셔의 그 유명한 대사에서 표현되는 자비의 본질과, 계약을 고집하여 안토니오를 치사(致死)케 하려는 샤일록의 집념은 대조되어 있다. 샤일록의 원한은 당연한 것같이 보인다. 그런데 셰익스피어는 플롯상 단순한 악역이 필요했는데 '안토니오님, 당신은 까닭도 없이 나를 개라고 부르셨지요?' 또는 '유태 사람은 눈이 안 달렸단 말이오?' 등과 같은 대사는 자못 충격적이며, 이 극의 낭만적인 플롯과는 전혀 이질적인 것이다.

이러한 대사들은 엘리자베스 시대의 관객들이 샤일록의 상(像)을 어떻게 보았든지간에, 셰익스피어는 이 전형적인 악역에 흥미를 느낀 나머지 그를 한낱 악역의 틀 안에 고정시키지 않고 한 인간으로서, 더구나 심한 모욕을 받아 온 인간으로서 보았음을 말해 주는 것이다. 이 극은 이렇게 충격적인 대사와 분위기를 담고 있으므로 셰익스피어는 끝 막의 서정적 분위기에서 샤일록을 초라하게 퇴장시킴으로써 분쇄된 정서를 되찾으려고 애를 쓰지만, 그러나 달빛 아래 고요한 낭만적 기분이 감돌고 있기는 하나, 그 재판정의 음산한 광경은 좀체로 우리의 뇌리에서 가셔지지 않는다. 그러니까 이 희극에서 셰익스피어의 이중 영상은 정묘한 균형을 이루지 못하고 따로따로 고립하여 자칫하면 충돌할 위험한 상태에 놓여 있다.

로맨틱 코미디들이 차차 어떤 애수와 음영(陰影)을 띠어 가며 다음의 음울한 희극에 들어서기 앞서, 간주곡이라고도 할 ≪윈저의 명랑한 아낙네들(The Merry Wives of Windsor)≫(1600~1)에서 폴스타프가 또 등장한다. ≪헨리 4세≫에서 활약한 이 뚱뚱보, 사기한, 호색가는 플로터스 이래 전형적인 희극 인물인데 셰익스피어의 영필(靈筆)을 거쳐 생기에 찬 창조적 인물이 되었다. 그러나 폴스타프는 이 희극에서는 ≪헨리 4세≫ 시절과 같은 기백은 이미 없고 성격 창조상으로 볼 때는 사족(蛇足)의 일편이랄까, 그저 즐겁게 떠드는 인물이 되고 말았다.

근대적 로맨스 세계의 구축과 더불어 셰익스피어의

희극은 완성이 되는데, 이윽고 그것들 안에 깃든 모순들은 암영(暗影)을 확대하여 이제 비극기로 발전하지만, 이 시기에 비극적 분위기를 띤 세 편의 희극이 있다. ≪트로일러스와 크레시더(Troilus and Cressida)≫(1601~2), ≪끝이 좋으면 다 좋다(All's Well that Ends Well)≫(1603~3), 그리고 ≪이척 보척(Measure for Measure)≫(1604~5)이 그것이다. 지금까지 희극의 발랄함을 보아 온 우리는 양자의 큰 차이에 당혹할 수밖에 없으며, 이렇게 셰익스피어의 정신을 어둡게 한 원인에 대해서는 전기적(傳記的)·사회학적으로 탐구되고 있지만 역시 개성적인 것이며, 외인(外因)만 가지고는 설명될 수 없을 것이다. 아무튼 셰익스피어의 통찰은 한층 더 깊어져서 이 시대에 대비극을 낳게 한 것이지만, 이 시기의 희극들을 문제 희극이니, 음울한 희극이니 하고 부르는 까닭도 여기에 있는 것이다.

≪트로일러스와 크레시더≫는 트로이전쟁을 배경으로 하여 연애와 전쟁을 얽어 놓은 환멸(幻滅)의 희극이라고나 할까. 그리스군에 포위된 트로이 진중에서 트로일러스가 크레시더와 결혼한 다음날, 그녀는 다시 만나게 될 날까지 정절(貞節)을 맹세하고 그리스 진영으로 넘어가자마자 그리스의 부장 다이어미디즈와 사랑에 빠

진다. 한편 사랑하는 아내를 잃고 슬퍼하는 트로일러스
는 적의 진중에 가서 아내의 부정을 목격하고 슬픔과
분노와 치욕감에 다이어미디즈와 결투하기로 하나, 적
을 쓰러뜨리지 못한 채 이야기는 중도에서 끊어진다. 셰
익스피어의 크레시더는 음탕한 충동적 여성이요, 결혼
의 행복 같은 것은 믿지 않는다. 여기에서는 이전의 희
극에서와 같은 연애와 이지(理智)의 조화란 바랄 수 없
다. 또한 이 극에 등장하는 호메로스의 영웅들은 한결같
이 명예감도 기사도 정신도 안중에 없는 희화화(戱畵化)
된 인물들로 희극적 분위기를 돋우는 것도 특색이거니
와, 율리시즈의 질서론(秩序論)은 셰익스피어의 사극에
구현된 질서관과 더불어 셰익스피어의 사상의 일단에
나타내 보인 것이라고 하겠으며, 또는 어느 상징주의 평
론가의 견해처럼 이 극에서 그리스 측으로 대표된 현실
주의와 트로이 측으로 대표된 이상주의는 신구 두 사조
가 소용돌이치던 셰익스피어 시대의 영국 르네상스기의
현실을 묘사한 것이라고 볼 수도 있다.

《끝이 좋으면 다 좋다》는 제목과 같이 끝이 희극적
해피엔딩이라고는 하지만 전체 분위기는 암담하여 뒷맛
이 개운치가 않다. 부(副) 플롯의 페롤리즈만이 희극적
이요, 주인공들인 버트럼과 헬레너의 줄거리는 도리어

비극적이다. 헬레너는 이루지 못하는 사랑을 고뇌한다. 그것은 신분의 차이 때문에 상대방이 그녀를 거들떠보지도 않기 때문이다. 국왕의 난치병을 완치시켜 줌으로써 헬레너는 버트럼과의 결혼을 허락받게 되나, 버트럼이 응하지 않고 실현 불가능한 문제를 그녀에게 부과한다. 국왕은 명예란 자연에서 생기는 것이지 신분이나 칭호에서 오는 것이 아님을 충고하는데, 이는 근대 로맨스의 이론이며, 버트럼은 그러한 근대적 로맨스에 참가할 수 없기 때문에 국왕의 충고에 응하지 않는다. 헬레너가 그 목적을 달성하는 방법은 버트럼의 사랑하는 여자와 바꾸어 그와 동침하는 계교의 방법인데, 이것 또한 근대 로맨스의 부정인 것이다.

《이척 보척》은 극으로서의 약점을 지니고 있긴 하지만 확실히 셰익스피어 작품 중에서 가장 주목할 만한 작품의 하나이다. 이 극의 결점은 로맨틱 코미디의 형식으로는 도저히 달성하지 못할 것을 시도한 것, 그리고 어떠한 연극적 기교를 가지고도 완성시킬 수 없는 문제를 주제로 한 점이다. 지금까지 성공한 로맨틱 코미디들은 자연의 일부인 숲을 배경으로 하여 전개되었으며, 이 대자연은 위험과 죽음을 내포하는 경우도 있었으나 결국 인자한 자연이었다. 그러나 《이척 보척》의 배경은

악에 젖은 비엔나의 부패하고 추악한 거리요, 자연의 양상도 완전히 다르다. 요정(妖精)의 발자국은 말굽에 유린되고 창가(娼街)의 악취가 들꽃의 향기를 말살한다. 사랑의 어리석음을 모르는 바 아니나, 행복의 극치를 서정적인 사랑에서 발견한 듯한 셰익스피어가, 이 작품에서는 별안간 사랑과 음욕이 다르기는커녕 오히려 양자는 거의 구별될 수 없다는 사실을 깨닫는 것 같다. 뿐만 아니라 지금까지의 희극들에서 어렴풋이나마 제시되었고, ≪베니스의 상인≫에서는 거의 주제로까지 강조된 정의(正義)의 문제가 이제 음산하고도 복잡한 양상으로 극 전체를 엄습하고 있다.

지금까지 엄한 부모의 명령이나 율법에 대한 청춘의 사랑의 반동이나 방종은 명랑하고 천진난만하였다. 그러나 이제 개인인 인간과 사회적인 인간이 제시하는 영구한 문제, 그리고 개인인 인간이 요구하는 자유와 사회적인 인간에게 요청되는 율법 사이의 갈등이 제시하는 영구한 문제에 직면하여 셰익스피어의 심경은 당혹한 것이다. 이와 같은 것들을 로맨틱 코미디로 구성해 낸다는 것 자체가 셰익스피어의 천재성을 가지고도 힘에 겨운 것이며, 이 극에 대한 평론가들의 혼선(混線)은 일부 이미 제작 당시부터 가로놓여 있었던 것이다. 더구나 그

러한 혼선은 극의 진행이나 성격들을 어떠한 특정한, 그
리고 제한된 관점에서 고찰하려는 태도 때문에 더해지
며 혹은 초래된다. 이는 상징적 해석과 역사적 비평과의
저오(牴牾) 정도가 아니다.

그리고 이 극을 사회극과 같은 현대적 관심에서 보거
나, 또는 가령 엘리자베스 시대의 관객의 입장에서 셰익
스피어의 묘사는 당대의 세상(世相) 이상의 것을 벗어나
지 못한 것이라고 보는 것은 틀린 견해이며, 더욱 중요
한 것인, 이 극이 복잡하고도 모순이 양립하는 요소를
지니고 있다는 사실을 간파하지 못한다면 그것은 잘못
본 견해일 것이다.

이 극이 통속적인 '요정 이야기' 이상의 것이라 함은
감정이 비극적 긴장에까지 도달하는 여러 장면들이나,
정의니 법이니 정치니 자비 등등의 대사들이 전편을 덮
고 있는 사실로 보아 충분히 알 수 있다. 셰익스피어가
단지 하나의 이야기를 전개시킨다는 것 이상의 깊은 의
도를 가졌다 함을 우리는 인식하지 않을 수 없는데, 그
렇다고 이 극을 사상극(思想劇)으로서만 가치판단을 해
서도 안 될 것이다. 사실 셰익스피어는 이 극에서 인생
의 비전[映像]을 강조한 것이며, 선악에 대한 셰익스피
어의 판단에도 불구하고 생기 있고 뚜렷한 등장 인물들

은 도덕률도 안이하게 표현할 유형의 인물들이 아니다.

이저벨러를 순결의 상징이라고 한마디로 처리해 버릴 수는 없다. 물론 그녀는 순결한 여성이며 극중의 그녀와 달리 행동해 주기를 바라는 것은 아니지만, 그러나 그녀의 표현이 좀더 다른 것이었으면 하는 아쉬운 마음이 든다. 수녀복을 입은 그녀의 모습에는 어딘지 일종의 우월감과 맬보울리오와 같은 이기주의가 감돈다. 셰익스피어는 이 이저벨러를 창조함에 있어 우리들의 도덕률을 규정지을 수 있는 그러한 세계에서 사고한 것은 아닌 것이다. 앤젤로에 대해서도 같은 문제가 생긴다. 셰익스피어는 앤젤로를 음욕에 고민하는 인간으로 묘사했다. 보통의 유혹에 대해서도, 그리고 어떤 미인에 대해서도 그의 엄한 도덕률은 요지부동이었다. 오직 이저벨러의 순결만이 그의 억압된 불씨를 어쩔 수 없는 정화(情火)로 휘몰아 넣은 것이다. 이래서 그는 신파적 인물 이상의 것이 된다. 그는 이저벨러의 순결에 도전하는 악마요, 일면 위선자요, 동시에 비엔나의 부패상을 진심으로 증오하나 그의 이상주의가 균형을 잃은 탓으로 그에게 과해진 시련을 극복하지 못하는 그러한 인물인 것이다.

《이척 보척》의 근본적인 결점은 로맨틱 코미디로서 허용할 수 없는 이저벨러와 엔젤로 같은 성격을 등장시켜 심각한 문제를 다룬 데 있다.

격렬한 애증(愛憎)의 회오리바람 속에서 인생의 암흑과 심연(深淵)을 응시하던 비극기에 이어, 이제 체관(諦觀)과 애정을 가지고 깨끗하고 맑게 인생을 바라보는 셰익스피어의 창작활동은 ≪페리클레스(Pericles)≫(1608~9), ≪심벨린(Cymbeline)≫(1609~10), ≪겨울밤 이야기(The Winter's Tale)≫(1600~10),≪태풍(The Tempest)≫(1611~2) 등 4편의 낭만극을 가지고 막을 내린다. 이것은 하나의 비희극이랄까, 그러면서도 원만한 해결이 예정되고, 고의적인 악의이든 또는 단순한 오해이든간에 어떠한 사정으로 인하여 불화를 빚어낸 가족이 이산(離散)한 끝에 십수 년 후에야 뜻밖에도 다시 골육이 상봉함으로써 화해한다는 것이 만년의 낭만극의 공통적인 주제이다.

인생의 비극적 고난이 죽음을 겪고 재생으로 발전하며, 이때 재생의 원동력이 되는 것은 셰익스피어가 여태까지 자주 채용한 바 있는 자연의 힘이지만, 여기서는 그 위에 또 초자연력이 첨가된다. 셰익스피어의 만년에 영국의 극작계는 이러한 비희극이 유행되기는 했지만, 셰익스피어는 그러한 유행에 따랐다기보다 그가 만년에 정착한 곳은 재생(再生)과 화해와 관용(寬容)의 맑디맑은 경지였다 하겠다.

《심벨린》 이외는 다 딸들이며, 아버지와 딸과의 상봉과 화해, 이는 곧 《리어 왕》의 주제이기도 했다.

그러나 코델리아는 부왕의 면전에서 비천한 병사의 손에 교살당하고, 리어 왕 또한 딸의 시체를 안은 채 절명한다. 그러나 낭만극의 주인공들은 죽지 않는다. 《심벨린》은 성장한 두 아들과 상봉하고, 이전에 추방한 귀족 벨레이리어스와 화해한다. 《겨울밤 이야기》의 리온티즈 왕은 갓난아기로 내다버린 딸 피어디터가 성장하여서 오해의 원인인 상대방 보히미어 왕의 아들 플로리젤과 사랑하는 것을 알고 두 사람을 축복하며 폴리서니즈와 화해하고, 누명으로 죽은 줄로 알았던 아내의 생존을 알고 기뻐한다.

셰익스피어의 창작 활동의 말기에 보먼트(Beaumont), 플레저(Flecher) 등의 새로운 기교파와 더불어 극단의 정세는 변하여 순수 비극보다는 비희극적인 낭만극이 영합(迎合)되었다. 그러나 동일한 주제를 다루고 있으면서도 《리어 왕》과 《겨울밤 이야기》와의 차이는 확실히 작가의 심경의 변화를 말해 주는 듯하다.

최근 《페리클레스》 《심벨린》 《겨울밤 이야기》를 상징극 또는 우유극(寓喩劇)으로 다루는 견해도 있는데 이러한 견해가 어디까지 정당화될 수 있는지 의심스

럽기는 하나, 확실히 ≪페리클레스≫에서의 폭풍이나, ≪겨울밤 이야기≫에서의 난파(難破) 등이 셰익스피어의 심경에 상상적 의미를 지닌 것은 확실하지만 그 이상을 추구하는 것은 위험하며, 다만 셰익스피어는 종전에도 다루었던 설정(設定)들을 새로운 정서 아래서 잘 이용한 것이라 보는 것이 타당한 견해일 것 같다. 동시에 셰익스피어는 논리적으로가 아니라 상상의 세계에서 철학을, 특히 원시적인 소박성, 자연의 순수한 자세, 인간의 지혜 등 상호 관계의 영원한 문제를 골똘히 명상한 듯하다.

≪태풍≫에서는 자연적인 자유와 사회적인 율법 사이의 갈등 문제도 제시되지만, 감각 세계와 정신 세계 사이의 보다 높은 차원의 문제가 제시된다. 지금까지 희극에서 셰익스피어가 당면해 온 꿈과 환상은 이제 객관화된 셈이며, 지혜의 보고(寶庫)에서 진지하게 우러나오는 프로스페로의 저 유명한 대사는 현세의 명백한 실체들이 모두 다 가공적인 꿈에 불과함을 간파한다.

지금까지 여러 번 심각한 인상을 준 바 있던 잠의 영역이 이제 확대되어 전 인생을 포옹한다고나 할까. 그러나 셰익스피어의 솜씨는 어찌나 미묘했던지 그와 같은 프로스페로도 마법의 책과 마법의 지팡이를 기꺼이 내

던져 버리고 고국에 돌아갈 준비를 한다. 그가 원수들과 화해하고 재생하여 마법의 세계로부터 현실의 세계로 돌아가는 모습은 셰익스피어 그 자신을 방불케 할 뿐만 아니라, 프로스페로는 항시 영감(靈感)을 상상에서 가져오는 셰익스피어의 이상적인 자세인지도 모르겠다.

옮긴이 약력

경성대학 법문학부 영문과 졸업
동국대학교 교수

저   서
≪셰익스피어 문학론≫

역   서
≪셰익스피어 전집≫(전5권)
≪신역 셰익스피어 전집≫(전8권)

베니스의 상인   〈서문문고147〉

개정판 인쇄 / 1996년 5월 20일
개정판 발행 / 1996년 5월 30일
글쓴이 / 셰익스피어
옮긴이 / 김 재 남
펴낸이 / 최 석 로
펴낸곳 / 서 문 당
주소 / 서울시 마포구 성산1동 20—12호
전화 / 322—4916~8 팩스 / 322—9154
등록일자 / 1973. 10. 10
등록번호 / 제13-16

초판 발행 : 1972년 9월 15일 * 잘못된 책은 바꾸어 드립니다